「ま、正純っ！　い、いやっ…！　放して！」
ベルトに手が掛かった。もがけば両腕が頭上で一つにされ、
正純の腕にガッチリと掴まれる。
嫌いな男なのに、巧みすぎる愛撫に若い身体は反応していく。

こわれるほどに奪いたい

A desire for love

あすま理彩

Illustration
赤坂RAM

リーフノベルズ

この物語はフィクションであり、実在の人物・
団体・事件等とは、いっさい関係ありません。

CONTENTS

こわれるほどに奪いたい

「今度の練習試合、どことやるの？」

「ん…シード校の前ヶ崎《まえがさき》とだよ」

「強敵じゃん」

「そうなんだよ。同じ区内に前ヶ崎があるせいで、なかなか上位に進めない」

放課後の教室、帰り支度をしている朝陽《あさひ》の元にやってきて、『頑張れ』、と自分を励ます神原香汰《かんばらこうた》に、南野《みなみの》朝陽は笑顔を返す。

香汰はやや自分より下の位置から上目遣いに、にっこりと朝陽を見上げていた。

その笑顔に、ドキリ、と胸が高鳴るのがわかる。

気持ちを気付かれるのが怖くて、慌てて朝陽は香汰から目を逸らした。

クラスメイトの香汰は、高校二年生とは思えない童顔と、花が綻んだような可愛らしい容姿をしていた。

性格も快活で人気者だ。

そんな香汰に朝陽が恋をするのに時間はかからなかった。

——秘密の恋だった。

本当は恋愛感情を抱いているくせに、親友のふりをして傍にいることが、時々苦しくもなる。

でも、自分が告白して香汰が受け入れてくれる可能性は、ない。絶対に。

それなら、このままの友人関係を続けていくほうがいいのだ。なぜなら。

「おい、帰るぞ」

二人の背後から、低い声が掛けられる。

「うん。じゃあ、試合頑張ってね。朝陽」

「ありがと…」

見せつけるように香汰の肩を抱いて、朝陽の視界から香汰を奪う男がいる。

胸元に抱き寄せられても、香汰はなすがままに正純《まさずみ》の腕を受け入れる。

圧倒的な体格差、二人が並べば似合いの恋人同士に見える。

(…っ!)

振り向きざま肩越しに、挑むような視線を投げつけられる。

鋭くて、冷たい眼差しに胸が震える。

香汰は……、幼なじみの国府田《こうだ》正純の恋人なのだ。

朝陽の好きな香汰は、正純の恋人。

眠れぬ夜を過ごすほどに強く想った相手には、すでに朝陽が太刀打ちできない恋人がいた。

正純と香汰は幼なじみだ。どの友人よりも多くの時間をともに過ごし、お互いを一番よく理解し合える相手。

今のクラスになって初めて知り合った朝陽なんかよりもずっと深く。

言葉を交わさずとも、お互いの思考をわかり合えるような場面を幾度となく目にするたびに、入り込めない寂しさを感じる。

香汰の親友というポジションにいる自分だからこそ、二人がどんなにお互いを信頼し合っているのか、間近で感じることができる。香汰がどれだけ正純を頼りにしているかということも、そして、…正純が誰より香汰を大切にしていることも。

天真爛漫《てんしんらんまん》で楽天的な分、おっちょこちょいなところもある香汰は、手が掛かることも多かったけれど、そんな香汰を正純は嫌がらずによく面倒をみてやっている。

香汰にはどことなく、放ってはおけないような庇護欲を掻き立てる部分がある。他の人なら許せないことも香汰ならば許されるような、憎めない雰囲気は周囲を和ませる。

それはきっと、昔から傍でフォローしてくれる人がいて、甘えられることができたからこそ作り上げられた性質なのだろう。

香汰が無防備に甘えられる存在、どんなことをしても許される相手、それが…正純だ。

朝陽には、そんな甘えられる存在はない。

先ほどの、正純が香汰を朝陽の元から奪うように連れ去った光景を、振り払うように軽く朝陽は頭を振った。

「朝陽、ちょっと相談したいことがあるんだけど」

教室の入り口から声を掛けられ、はっと朝陽は顔を上げる。

隣のクラスの綾河牧士《あやかわまきし》が、朝陽を呼んでいた。

「ん」

ブレザーを羽織ると、カバンを手に提《さ》げて綾河の元に向かう。ブレザーに覆われても、なおわかる細い腰つきに、ちらりと綾河の視線が落とされた。

夏の名残が色濃く漂う今の季節、綾河の額にはうっすらと汗が滲《にじ》んでいる。けれど、朝陽の肌はあくまでも滑らかで、さらさらの髪には一筋の汗もなく、ふわりと華奢《きゃしゃ》な首筋に掛かっている。

長い睫《まつげ》が色素の薄い透き通った瞳を縁取る。制服のブレザーが肌理《きめ》の細かな朝陽の肌の艶《つや》を引き立てて、ひどく艶《なまめ》かしい。

「前ヶ崎との練習試合、メンバーはどういう組み合わせでいく？　部長」

「え？　あ」

部長、と呼ばれて朝陽はうっすらと頬を赤らめた。

まだ、部長と呼ばれるのに朝陽は慣れていない。初々《ういうい》しい反応を見せる朝陽に、綾河は目を細めた。

朝陽はバスケ部に所属している。暑い夏が終わり、三年が引退していった今、二年である朝陽は正式にバスケ部の部長に就任した。

部長になると自分の技量を磨くだけではなく、後輩たちの指導も行わなければならない。ただバスケが上手というだけでは決して部長には選ばれないし、また部長として部全体を引っ張って盛り上げていくこともできないだろう。

朝陽は自分から立候補して部長になったのではない。周囲から説得されて部長を引き受けたという点が、ほかの部と違っていた。

部長と呼ばれても反応できなかったり、照れくさそうに頬を赤らめたりする朝陽を見るたびに、後輩たちは朝陽を慕う想いを強くする。

朝陽の出る試合は観るものを魅了する。無駄のない筋肉のついた身体は、バスケをしていることが信じられないくらい、華奢だ。

一七〇センチぎりぎりといった朝陽は、上背のある人間が集まったバスケ部員に囲まれると、埋もれそうになる。

ほっそりとした容姿のどこにそんなパワーがあるのだろうと、尊敬と憧れのこもった眼差しとともにいつも噂されていることも、どこの部長よりもバスケ部の新しい部長は綺麗だ、と噂されていることも、バスケ部員にとっては誇りだった。

誰よりも仲間想いの朝陽は、後輩にも抜群に慕われている。

当の朝陽は自分がそんなふうに思われていることに、まったく気付いてはいない。

練習でいつも朝陽は、後輩たちを庇うように行動する。部の雑用も率先してやろうとする。

後輩に苦労させるなら自分がやったほうがいい、朝陽がそう思うほどに、後輩たちは朝陽の助けになるように動く。

そんな後輩たちが、最終的に頼りにするのは、部長である朝陽だ。

立場が人を作るように、ミスや甘えが許されない部長としての責任が、朝陽の性格を人に甘えることができない不器用なものへと変えていく。

自由に甘えられ、守られるべき存在の香汰。

後輩を、守らなければならない立場の朝陽。

朝陽には…正純のような、守ってくれる相手などいない。甘えられる相手がいないから、自分が強くならざるを得なくて。

正純は香汰を甘やかすのが好き…みたいだった。香汰に頼られて満足げな表情を見せる正純にとって、頼ることをしない朝陽は、友人としても相性がいいとは言えないだろうと、朝陽は感じていた。

休み時間の教室は、盛り上がる会話でざわめく。

「正純、また告白されてたらしいぜ」

「ほんとモテるよなあ」

「いいやつだし。同じ男として悔しいけどやっぱかっこいいしなー」

朝陽の席の隣で、クラスメイトたちが口々に噂するのを、朝陽は聞いていないふりをしながら、その実耳をそばだてて聞いていた。さりげなく次の英語の授業のテキストを開き、当たりそうな部分に視線を落とす。

「でも、片っぱしからふってるんだろ。より好みできるやつはいいよな」

「好きなやつ、いるんじゃねえの?」

「付き合ってるやついてもおかしくはないよな」

「国府田の好きなやつって、一体どんなやつなんだろうな」

その言葉に朝陽の胸がドキリ、となる。動揺とともに、胸を痛みが刺した。

正純は、モテる。

同性の目から見ても、敵わないと感じさせるほどに整った容貌は男らしく魅力的だ。

中途半端な格好のよさならば男の嫉妬心を煽りそうなものだが、正純は別格だ。

肩幅のあるがっしりとした体躯には、無駄のない筋肉がしなやかについている。百八十五を軽く超す長身は、手足が長くバランスがとてもいい。日に焼けた肌、目鼻のくっきりとした彫りの深い顔立ちに、涼しげな切れ長の眼がクールで、頭上から強い光を投げかけられれば、落ち着かない気持ちにさせられる。切りそろえられていない長めの前髪が野性的な印象を与え、精悍《せいかん》で大人びた雰囲気は、同級生の羨望《せんぼう》の的だ。

決して人当たりも悪くはなく、遊んでいそうな雰囲気を持っているくせに、その実、香汰といるのが一番楽しい、と言っていることを朝陽は知っている。

百六十三センチの香汰と並ぶと、お似合いのカップルのようだ。

(俺が入り込む隙なんて、ないよな)

苦しい片想いに、朝陽はこれまでも何度となく繰り返した溜息をつく。

香汰の隣にいるのが、自分だったらどんなにかいいだろう。

だが、自分と一緒にいるより、正純の隣にいるほうが、香汰にとってはお似合いだ。

二人が付き合っているという噂が朝陽の耳に入ってきたのは、いつだったか。

（……）

思い出せば、胸が震える。

彼女のいる気配がない正純には、告白する女子が引きも切らない。誰とも付き合っていないならば、とりあえずのお付き合いでもＯＫをもらえるのではないかと期待した女子が告白をして。

『好きなやつがいるから』、そうきっぱり断ったという正純。

正純の口調に思いのほか強い本気の想いを感じ取り、敵わない。そう思ったと彼女はふられた後もいっそう熱っぽく友人たちに語った。

（正純が……）

意外だった。

興味本位で、そして彼女持ちであるという自己満足や周囲への自慢のために、女の子と付き合う友人たちが多い中、正純は本気の相手とだけ付き合うのだと、はっきりと伝えたのだ。

噂は必然的に正純の好きな相手が誰か、という推測に飛ぶ。

『そこらの女より、香汰のほうが可愛いもんな。この顔を見慣れてたら、滅多な女じゃ付き合う気にならないんじゃねぇ？』

からかうような同級生の言葉に、『そうだな』と正純は肯定を返した。

一緒に話に混ざっていた香汰が正純にじゃれるように抱きつき、『俺もお前と付き合えば男からの告白が減るしちょうどいい』そんなことを言い出したせいで、まるで公認…といった雰囲気ができあがってしまった。

正純もまんざらでもないように香汰の肩を胸に抱き寄せると、ニヤリと笑った。

周囲は囃《はや》したてたが、冗談でないことは…。

自分だけに向けて投げつけられた挑むような視線で、朝陽は知っている。

別の日に、正純がいないところを見計らって、こっそりと隠れるように朝陽は香汰に尋ねた。

『香汰って正純が…好き、なの…？』

胸が引き絞られそうになりながら尋ねた答えを待つ間に現れた正純が、香汰と朝陽の前に立ちはだかった。

壊れそうなほど脈打つ心臓に、頬を赤らめながら香汰の隣に立つ朝陽を冷たい目で見下ろしていた正純は、まるで、『余計な質問で香汰を悩ませるな』という咎《とが》めるような目で朝陽を見ていた。

正純が特定の彼女を作らないのも、幼なじみで可愛らしい香汰を正純が守っているという噂も、正純のその態度すべてが…正純の本気を裏付けた。

（俺は香汰とは同じクラスになってから仲良くなったけど、正純と香汰は小さい頃からお互いを

知ってるんだから）

正純と香汰の家は隣同士だ。

朝陽の知らない香汰の歴史を正純は知っている。そこに突然現れた朝陽が、香汰に恋慕するなんて、正純から見たら面白くないのは当たり前だ。

（今までは友達だって思ってたから俺が香汰と一緒に遊びに行くのとか、許してくれてたんだろうけど）

まさか恋愛感情に変わるとは、朝陽だって思ってもみなかったのだ。

そういえばその頃から。

（正純の俺を見る目が変化した気がする…）

たまに香汰の家に遊びに行くと、正純もよく姿を現して、そういう時は三人で話すこともあったのだ。

正純にとって朝陽という存在は、香汰の友人だからとりあえず付き合ってやっている、という程度のものだったのかもしれない。友人とまでは言えない関係だ。

朝陽は友達になりたいと思ったけれど。今思えば正純は香汰が好きなのだから、香汰と一緒にいる朝陽を内心面白く思っていなかったのかもしれない。

それでも、香汰がいる手前、正純は朝陽に対して攻撃的な感情を露わにすることはなかった。

でも、それも朝陽が香汰を友人として好きだった時までだ。

香汰に抱きつかれて、朝陽の頬が紅く染まってから。そして胸を高鳴らせた時から。

そんな朝陽を、正純は許さなかった。

香汰に抱きつかれた朝陽を見下ろす、正純の鋭い…眼差し。

(……怖かった)

今でも思い出せば胸が震える。

あんな怖い正純は初めて見た。怒っていた。…本気で。

朝陽の意図ではないにせよ、香汰の身体に触れた自分を。

(俺が香汰のことを好きになったから、おかしくなっちゃったんだろうな…)

最近の正純の自分を見る目は、怖い。

ひどく迫力のある冴《さ》えた双眸《そうぼう》に睨まれると、みっともなく足が竦《すく》んでしまう。

朝陽は形のいい唇を噛んだ。桜色の唇がうっすらと色づく。

(告白なんて、しないのに)

そう心の中で言葉にすると、ますます気持ちが沈んでしまう。

憂いを含んだ表情は、朝陽をいっそう艶っぽく見せている。机に向かったまま書き物をしているふりをしてノートに目線を向ければ、睫が肌に影を落とし艶めかしい。

クラスメイトたちは自分たちの話に夢中になっており、朝陽のそんな表情に気付いていないのが、朝陽にとっては幸いだった。

「朝陽、どうしたの？」

席を外していた香汰が戻ってきて朝陽に声を掛ける。

ハッとして教科書から顔を上げ振り返ると、香汰がいつもの人懐っこい笑顔を浮かべて立っていた。

「なんでもないよ」

「ふうん？」

香汰の笑顔を見て、朝陽は決意する。

香汰の幸せを、自分が壊すわけにはいかない。

好きな人の幸せを願うのが、自分の愛し方だ。香汰を見ているだけで幸せになる。

親友として慕ってくれる香汰の気持ちを裏切りたくはない。

邪《よこしま》な感情など、抱いたこともない。

最後まで、秘密の恋。

絶対に、この恋心は正純にはバレてはならないはずだった。

その日は唐突にやってきた。

「お前、香汰のこと、好きだろ？」

朝陽は持っていたカバンを取り落としてしまう。

「なっ…なっ…⁉」

「何動揺してんだよ。バレバレじゃん、そんなの。前から」

長い脚が投げ出される。

クールと称される、きつい両眼が朝陽をとらえた。

二人の間の空気がピン、と張り詰める。

動けなくなってしまった朝陽とは対照的に、見惚れるような仕草で、正純は髪を掻き上げた。


借りていた映画のＤＶＤを返そうと、土曜の夕刻、香汰の家を訪ねた時だった。

（確めてから来ればよかったな）

香汰の家は全員外出中らしく、何度呼び鈴を鳴らしても、誰も出てくる気配がない。

学校で返せばいいようなものだが、休日にも香汰に会いたくて。

ＤＶＤを口実に家までやって来てしまった自分の想いに、罰が与えられたような気持ちに陥る。

（やっぱ、学校で返そう）

「おい」

帰ろうと踵《きびす》を返そうとした朝陽の背後から、声を掛けた男がいた。

「香汰になんの用だ？」

（…あ）

朝陽が…一番会いたくない男だった。

正純が、朝陽を見下ろしていた。

（香汰と正純の家は、隣同士だったっけ）

香汰の家に朝陽が来ると、正純も必ずといっていいほど二人の前に現れた。…まるで、監視するかのように。

わざと私服のシャツを崩して着ているのが正純らしく、色の濃いそれはスタイルのいい彼にとても似合っていた。シルエットの細いパンツも、脚が長い正純だからこそ着こなせるのだろう。大人っぽくとても同級生には見えない。

午前中に部の雑務で学校に寄った朝陽は制服姿だ。

正純のはだけた胸元から素肌が覗く。

苦手どころか嫌悪感すら募る相手なのに、思わず視線が釘付けになる。慌てて胸元から視線を逸らしながら朝陽は言った。

「DVD借りてたんだ。…今外出中みたいだし、帰ろうとしてたとこだよ」

「電話入れるなりすりゃよかったのに」

馬鹿にした表情が向けられる。

カッと血が上る。朝陽の頬と目許に仄《ほの》かな朱が入る。

(いつも！　こいつは！)

最近の正純は、朝陽を怒らせてばかりいる。

もともと正純のことが朝陽はどういうわけか苦手だった。最初に会った時から、正純の自分を見る目は、ほかのクラスメイトたちを見るよりもきつい光を放っていたように思う。

その眼差しは、なぜか朝陽を落ち着かなくさせるのだ。

(睨まれて怯えそうになるなんて、みっともない)

自己嫌悪に陥りそうになる。

自分に向けられる正純の態度は、小馬鹿にしたようなものばかりで、それがますます朝陽の気持ちを頑なにさせている。クラスメイトたちの『いいやつ』という評価は、本当の正純ではない、と朝陽は思う。

「ふうん？　せっかく来たんだ。無駄足ってのもなんだな。俺んち寄ってけよ」

「え？」

意外な申し出に朝陽は反応が遅れる。不思議そうな顔つきをしたまま動きを止めてしまえば、正純の腕に余りあるほどに細い朝陽の腰に、逞《たくま》しい腕が回った。

「…あっ」

力の加減がわからなかったのか、強引すぎるほどの力強さで引き寄せられた朝陽は、正純の胸の中に倒れ込みそうになる。

折れそうな細さに、正純が驚いたように目を見開く。けれど、躊躇《ちゅうちょ》したように腕を引っ込めようとしたのは一瞬で、すぐに、まるで朝陽を逃がすまいとするかのように、朝陽の身体を抱き込んだ。有無を言わせず、正純は強引に家の中へと引き入れてしまう。

仕方なく連れていかれるままに玄関で靴を脱ぎ、二階への階段を上る。踊り場にはセンスのいい配置で、いくつかの絵が飾られていた。右側に二つほど並んだ扉の奥の、角の部屋の扉を正純は開けると、朝陽を室内へと促した。

朝陽の背後で扉が閉まり、バタンという音に無意識に朝陽の身体が強張るのを正純は見ていた。

まさか正純の部屋に来る羽目になると思ってはいなかった朝陽は、居心地が悪くて身体を縮こまらせる。

部屋は、高校生の男にしては片づいており、棚にはフォトスタンドや、海外のものらしき写真集が飾られている。部屋の中央にはローテーブルが置かれ、窓際のブラインドと同じ色調のクッションが絨毯の上に並んでいる。

「その辺に座れよ」

正純は部屋の隅のベッドに背をもたれるようにして、床の上に直に腰を下ろした。

「……」

座るように言われた正純の傍には行かず、いつでも帰れるよう、わざとドアの傍に腰を下ろす。

そんな朝陽の頑なな様子を、正純は面白そうに見ていた。

どうして無理やり連れてこられた上に、からかうような真似を仕掛けられ、馬鹿にされなければならないのか。

悔しくて、無視を決め込む。正純から視線を逸らし、朝陽は部屋の中を見回した。

(結構、片づいてるじゃん)

贅沢《ぜいたく》な広さを誇る家だが、休日の夕刻だというのに、意外にも人の気配がない。

朝陽の不審そうな顔つきを、見透かしたのか正純は言った。

「俺の家は共働きだからな。今二人とも海外出張中でいない。帰ってくるのは来週だ」

「え…?」

(俺を呼んだのって、もしかして、寂しかったのかな…?)

嫌いな相手でも、つい同情してしまうのは朝陽の悪い癖だ。

「夕飯、とかどうしてるんだ?」

こんな広い家で一人で夕食をとっているなんて、普段自然と人が周りに集まる正純からは想像もつかない。

今日は隣に住む香汰も…いない。

(一人…なんだ)

会話が途切れる。

視線を戻すと、正純が、じっと朝陽を見ていた。切れ長の眼に、朝陽だけが映っている。

(やっぱり…怖い)

睨まれたわけでもないのに、どうしてか、そう思った。

「俺んち、来る? ここから自転車で十五分くらいのトコだよ?」

ふっと途切れてしまった会話に耐え切れなくて、そう朝陽が切り出し、カバンを持って立ち上がった時。

「お前、香汰のこと好きだろう?」

そう、正純が言い出したのだ。


(バレ…てた?)

ザッと血の気が引く。

カバンが朝陽の手から落ちた。

不意に問われてごまかすこともできず、明らかな動揺が朝陽の顔に走る。朝陽の表情は正純の言葉を肯定したも同然だ。

クールな正純の眼差しが光る。

(その眼に睨まれると…)

胸を射抜かれたようになる。いつも、身が竦む思いがしていた。

正純が立ち上がると、ゆっくりと朝陽に近づいてくる。

反射的に後退《あとず》さると、朝陽の背中に硬いドアの感触が当たった。

正純が朝陽の華奢な手首を掴み取る。力強い腕だった。そのまま貼り付けるように、正純の腕が朝陽の両手首を、朝陽の顔の横でドアに押さえつける。

「…ぅ」

小さな苦痛が朝陽の唇から零れた。

(怒って…る)

自分の恋人に恋慕している…朝陽のことを。

朝陽を見下ろす正純の眼に、ぞっとするような凄《すご》みが走る。

「はな、して…っ」

焦って手首の拘束を振り解こうと試みるが、恐怖に竦みあがった腕は、思うように動かない。

そして、ありすぎる力の差も。

……逃げられない。

「わかってんだろ?　香汰が誰のものか」

ドアに朝陽を追い詰めたまま、正純は冷たく言い放った。頭上から冷たい声が降り注ぐ。

(っ!)

「…あ…」

言葉にならない吐息が、力なく朝陽の唇から零《こぼ》れ落ちた。

目の前の男が、香汰は自分のものだと、高らかに宣言する。

認めたくはなかった。本当は。

わかってはいても、自分の片想いに一縷《いちる》の望みをかけて…いたから。

好きな人が、もう他の人のものだということを…生々しく相手の口から告げられれば、たまらない気持ちになった。

わざと、正純は朝陽に対して残酷な言葉を選んでいるようだった。香汰を、諦めさせるように。

そして、朝陽を傷つけるのが目的のように。

「香汰が好きなんだろう?」

繰り返される残酷な言葉に、たまらず朝陽は叫んだ。

「香汰は親友だ! それ以上でも、それ以下でもない…っ」

朝陽が香汰を好きだということを、知っているくせに。香汰を見ているだけで、朝陽は幸せな気持ちになった。そんな大切な想いを踏みにじるような言葉を投げつける男が悔しくて、朝陽は顔を近づけてくる男をキッ、と睨みつける。

だが、ちっともこたえないとばかりに、正純は掴んだ手首により強く力をこめてくる。

「お前には、やらない」

圧倒的な体格差を知らしめるように正純はゆっくりと身体を屈め、正面から朝陽を見据えると、

容赦ない言葉を朝陽に浴びせた。

（く…っ）

悔しくて、…目の前の男の頬を打ってやりたい衝動に駆られる。けれど。

朝陽の細い腕では、渾身《こんしん》の力を込めても、正純の腕を振り解くことすらできない。

意地の悪い言葉を吐く口元は、こんな時でも整っていて、際立って男らしく整った容貌は近くで見ても損なわれることはない。街を歩いていれば必ず振り向かれる容姿、男らしく逞しい体躯は、悔しいながらも朝陽の憧れてやまないものだ。

何より、香汰の愛情を手に入れている。体格も、力も、すべて。正純には敵わないことを思い知らされる。

「親友だ、か。嘘をつくんじゃねぇよ。香汰の横で、お前が親友面して何を考えているかなんて、お見通しなんだよ」

（…っ！）

やはり、正純をごまかすことはできない。制裁のように与えられる手首への苦痛。

（親友として、傍にいることすら…許してはくれないの…？）

朝陽が絶望的な気持ちになった時だった。

血の気を失って白い手首に、正純の視線が落とされる。視線はそのまま、朝陽の身体の上を走り、腰を覆うブレザーのボタンの上で留まった。

華奢な身体つきに、細いラインの顎《あご》、滑らかな…唇。

「…細いな」

ふいに、正純の声のトーンが下がったような気がした。不安に表情を曇らせる朝陽は、男の…

征服欲を煽る。仄かなピンク色の唇は、貪りたくなるような艶がある。

「え…？」

正純の反応を窺《うかが》おうと顔を上げた時、すぐ目の前に正純の顔があった。

「ん――」

生温かい感触が、朝陽の唇を塞《ふさ》いだ。

（っ!!）

呆然と目を見開いたまま、朝陽は正純の唇を受け入れる。閉じることも忘れて。

自分がどうしてこのような行為を受けているのか…朝陽はわからなかった。

ねっとりと熱い舌に唇を舐め上げられても、朝陽はいまだに無防備なままだった。

唇を、奪われる。

手首を拘束されたまま。

自由を奪われ、背後のドアにも阻《はば》まれて、逃げることもできない。

舌が朝陽の口腔を蹂躙《じゅうりん》する。深すぎるキスを阻む術も知らず、正純のなすがままに舌の蹂躙を許した。

「あ、ふ…ぅ…」

ぴちゃり…という舌の絡み合う艶めかしい音が、朝陽の耳を刺す。

逞しい腕が、朝陽の腰をすくい取る。強い力が朝陽を正純の胸元へと抱き寄せた。胸に抱き留められ、正純の体臭に包まれる。

「何…まさ、ん…っ」

動けないでいる朝陽の身体を、正純は引きずるように部屋の隅へと連れていく。

「…あっ!」

ベッドの上に引き倒される。ドサリと身体を落とされて、ギッとスプリングが軋む。

呆然としたまま目を見開く朝陽の視界に、クリーム色の天井が目に入る。

天井を背後に、自分に覆い被さるように正純が乗り上げている。

(な…何…)

正純の意図がわからない。自分がなぜこのような行為を受けているのかも。混乱しきった頭は、論理的な思考を結ぶことができない。ただ…のしかかる男の身体がずいぶんと硬く、自分とは違う大人の身体をしている事実と、もがいたせいで乱れた制服のシャツの裾に落ちた正純の視線の宿す光に、本能が淫猥《いんわい》な何かを感じ取る。

喉元に突き上げたのは、…恐怖。

「は、はなして…っ」

正純の意図を探るよりも先に、目の前の男から逃げることしか考えられなくなる。

「…駄目だ」

恐ろしくて、正純の身体をはねのけようと、朝陽は滅茶苦茶に暴れた。

「こんな細い腕で、香汰を押さえ込めるとでも思ってたのか？」

朝陽の頭上から、容赦のない低い笑いを含んだ声が降る。

「なっ…ん」

「まだ香汰のほうが、肉ついてるぞ」

朝陽の上に乗り上げて、抵抗を抑え込んだまま、正純の指先が朝陽のネクタイの結び目に掛かる。

暴れたせいで、ブレザーが肩から滑り落ち、白いシャツに庇われた華奢な肩が現れる。

シャツの上で布の擦れる音とともに、ネクタイが外される。ズボンのベルトを、長い指先が器用な手つきで引き抜く。

「なっ…何して…？」

まだ…朝陽は自分が何をされているのか、わからなかった。いや、わかりたくはなかった。わざと強く、思いついた考えを否定していた。答えを知るのが怖かったのかもしれない。

信じたくないからこそ…抵抗が鈍くなる朝陽のシャツの胸元を、都合がいいとばかりに正純は開いた。

滑らかな肌が、白い花が開くように正純の視界に飛び込む。

強い光を宿す視線が、じっと朝陽の肌の上に投げられる。

不安に朝陽の瞳の虹彩が曇った。形のいい目の端を、切なげに歪める朝陽の初心な反応を見下ろすと、正純は唇を朝陽の首筋に落とした。ざらり、と正純の舌が朝陽の肌を舐め上げた。

「んっ」

肌を吸い上げられる感触に、短い悲鳴が上がる。のしかかる男の下で、ビクンと華奢な身体が跳ね上がる。生温かい舌が蠢《うごめ》き、首筋から鎖骨のラインへと痕を残しながら下りていく。

「…ぁ」

肌を吸われる感触が、ゾクリと肌を戦慄《おのの》かせる。ぴりっと肌に電流のような刺激が走った瞬間、鼻にかかった甘い吐息が零れた。

じわりと濡れた熱が吸われた部分から込み上げた。仰け反る身体を、正純が抱き留める。

「あっ、あ、ぁ、んんっ…!」

柔らかい朝陽の肌の上に、残酷なまでに激しく、正純は朱を散らしていく。獲物に獰猛《どうもう》に食らいつくように、正純は滑らかな肌の感触を味わい尽くしていく。滑る粘膜が痕を残すたび、朝陽の胸に妖しい感覚が灯った。

「い、や、…」

強く、朝陽は顔を横に振り続ける。背筋を駆け上る戦慄《せんりつ》の中に、甘い何かが混ざるのに、朝陽は怯えた。肌がじわりと熱くなり、戦慄くように震えるのは怯えのせいだけではない。突き上げる熱さが下肢に流れ込み、初めて味わう妖しい感覚への恐怖から逃れようと、朝陽は必死で身を捩《よじ》る。

激しくなる朝陽の抵抗を封じ込めるように、正純は言った。

「…香汰とは違う肌だ」

「…え…?」

感触を確かめるように、大きな手のひらが、いやらしい手つきで朝陽の双丘を揉む。

「ん、っ…!」

湿った吐息とともに、肌の上を滑り落ちた舌が胸の尖りを舐め上げた。

(香汰とは違う…?)

初心な朝陽はいまだ、自分が受けている行為を事実として受け入れることができない。

まるで現実感のない今の状態よりも、正純の一言のほうが胸に重く突き刺さる。

『香汰とは違う肌だ』

そう、押さえつけている男は言ったのだ。

(香汰に触れたのか?)

年相応に見えない童顔の可愛らしい顔立ち、いつも元気で周囲を明るくするような香汰が、こんな…淫らな行為を受けているなんて。

……信じたくはなかった。

香汰の天真爛漫さに憧れ、試合前には何度も勇気づけられて。誰にも汚されない聖域であり、自分にとっての大切な、大切な憧れだったのに。

(香汰にも…まさか…)

「香汰にもこんなこと…したのか?」

「それより、自分の心配したらどうだ?」

(自分の…?)

「あっ!」

正純がしっとりとした滑らかな朝陽の肌に、手を滑らせる。

自分の腕の中にいるというのに、呆然としたままの朝陽に焦れたのか、正純は朝陽の腰を抱いたまま軽くシーツの上に浮かすと、下着ごと制服のズボンを取り去ってしまう。

日に焼けず痣《あざ》の一つもない白い太腿が露わになった。

(やっ…!)

吸い付くような感触を楽しむように、正純が太腿の内側に手のひらを滑らせる。

「あ、ん…っ」

自分で上げた嬌声《きょうせい》の甘さに驚く。

硬直する足のつま先に力をこめる朝陽のささやかな抵抗を嘲笑《あざわら》うかのように、力強い腕が、朝陽の膝を左右に割り開いた。

男の眼前に、無防備な下肢を晒す。舐めるような眼差しが、ねっとりと秘められた部分に絡みつく。

(…っ!)

強烈な羞恥が背を駆け抜け、頬が一気に紅く染まる。頬も、首筋までが桜色に染まり、正純によって散らされた朱は、いっそう紅く肌の上で光った。

今受けている行為を信じたくなくて、まだ…どこかで正純が解放してくれることを期待しているかのような気配を見せる朝陽に、思い知らせるように正純は朝陽の下肢の中心に手を伸ばした。

「や、やぁあっ!」

敏感な性器を掴み取られ、絞り込むように握られる。

他人の手によって扱き上げられる行為は、強烈だった。

「や…ぁ」

今まで他人によって触れられたことなど、朝陽にはない。計り知れぬ恐怖を感じ、朝陽は怯えた。

性器に絡んだ指は変則的な動きをして朝陽を追い上げる。

「いっ…やだぁ…ああ！」

むず痒《がゆ》く、じわりと押し寄せた快楽は、すぐに激しい疼《うず》きに変わった。

ただでさえ羞恥に脳が焼き切れそうなのに、正純の手のひらは巧みに朝陽の性器を揉みしだき、濃密な快楽を与えようとする。

唯一自由になる首を振ってもがき続ければ、きゅ、と強く根元を握られた。

正純によってわざと感じるように扱かれている分身は、朝陽の心とは裏腹に勃ち上がり始めている。

（嫌いな男にいいように扱われるなんて…！）

これ以上の屈辱はない。だが、圧倒的な体格差で押さえ込まれた身体は、どうあがいても逃れる術はない。

「ふ、…」

朝陽の意志とは裏腹に、熱く熱を持ったそこは、首をもたげ始めていた。

「う、嘘だ…っ、こ、こんなの」

「嘘じゃない。まだ、わからないか？　どうせ、お前も香汰にこういうことをしたかったんだろう？」

「ちが、…あぅっ」

否定は、最後まで言葉にならない。

また、嘘をつくなと言いたげに、正純が朝陽の下肢を執拗に揉みしだいた。

くちゅ、という淫靡な音に、朝陽の先端が先走りを洩らし、正純の指先を濡らしたことを知った。

ほくそえむ気配とともに、滑った指先がくちゅくちゅと淫らがましい音を立てながら、朝陽の茎にいやらしい露をなすりつける。

みっともなく勃ち上がった分身を正純の前に晒す。強烈な疼きと羞恥が込み上げる。けれど羞恥は、与えられる快楽を増すだけだ。巧み過ぎる正純の愛撫に、息苦しいほどに朝陽は感じていた。

「あ、い、いや…ぁ」

紅潮した頬と、可愛らしい喘《あえ》ぎ声を堪えようとする朝陽の反応は、男を煽るものでしかない。

正純の咽喉《のど》がゴクリと鳴った。

強制的に朝陽の快楽を暴き立て、指先を上下にスライドさせたまま、正純は胸に息づく突起を、口に含んだ。

「いっ…！」

正純は甘咬みを与え、舌の先で先端を突いた。軽く歯を立てられた時、朝陽の身体の奥が、強烈に疼いた。

「あっ…！」

朝陽の声が、快感を味わうような艶めいた響きを宿すようになる。

執拗に舐め回されるうち、胸の肉粒は尖りだし、硬い感触を正純の舌先に与えた。

そんな場所が感じるなんて、朝陽は知らなかった。ジンジンと、自分では堪えることのできない疼きが胸元を支配し、正純の手のひらの中で欲望が張り詰める。下肢がいやらしく揺れ始め、朝陽が泣きそうになった時、正純の下肢が朝陽の下腹部に押し当てられた。

（っ…！）

押し当てられた部分は熱く脈打ち、布を隔てていても硬い感触を、朝陽に伝えていた。

ビクリと朝陽の華奢な身体が竦み上がる。

朝陽相手に、正純が欲情している。自分が、正純の欲の対象になっている。

「嘘…」

口に出して呟く。

「お前が香汰にしたかったことだ」

突起を口に含んだまま、舌先で転がしながら、もう一度、自覚を促すように正純が告げる。

(俺は…こんなことを香汰にしたかったんじゃない…)

ただ、好きで、傍にいられるだけでよかったのに。

「違う！」

「違わないさ」

「あうっ！」

きっぱりと否定すれば、嘘をついた罰だと言いたげに、突起に歯を立てられて、強く吸われた。

「ぁっ！」

下肢が跳ねる。生々し過ぎる刺激に耐え切れず、とうとう朝陽の瞳から大粒の涙が零れ落ちる。

「違う…ちが…あ…」

首を振り続ければ、髪が乾いたシーツを打ち付け、弱々しい音を立てる。

香汰のことを考えるだけで、胸が温かくなった。

優しい気持ちになれた。香汰への想いは、そういう種類のものだったはずだ。

自分の気持ちが汚されたような気がして、朝陽は啜《すす》り泣く。

「本当はしたかったんだろ？　香汰とこういうコト」

自分を嬲《なぶ》る声は、やまない。

「俺は！　こんなこと、香汰にしたかったんじゃない！」

「わからないさ。香汰にこういうことができないようにしてやるよ」

「しない！　わかったってば！　わかったから！」

何がわかったのかわからないまま、朝陽は叫んだ。

そう言わないと、この拷問《ごうもん》にも近い時間は終わらない気がした。そして、切り札とも言うべき言葉を、朝陽は口に出す。

「香汰に…悪いとは思わないのかよっ！」

自分ならば身体を重ね合う行為は、本当に好きな相手としかしたくない。

きっと、正純はやめてくれる。香汰のことが、本気で好きならば。香汰を裏切りたくないはずだから。

必死になって叫ぶと、冷静な声が返される。

「甘いこと言うな。俺はお前が二度と香汰に邪な気持ちを抱かないように牽制《けんせい》したいだけなんだよ」

（っ！）

こんな、身と心を引き裂かれるような行為が、ただの牽制にしかすぎないと、正純は言うのだろうか。

「牽制なんて…俺は香汰にこんなことしたいなんて思ったことはない！」

だから、やめて。

そう訴える。けれど、正純の蹂躙する動きは止まらない。

「嘘だね」

正純の手は変わらず、朝陽の双丘をまさぐるように蠢いている。そうされるたび、ざわりと知らない感覚が胸に灯る。

「…ん…」

疼き続ける下肢に、嬌声が零れ落ちる。

「俺のこと、嫌いなんだろう？　こんなこともうやめろよ！」

苦しい息遣いで、朝陽は言った。

「男のクセに甘いこと言ってんじゃねぇよ。身体と心は別だろう。お前だって好きじゃない俺相手に勃ってるじゃねぇか」

事実だった。

追い討ちをかけるように告げられて、ショックで目の前が真っ暗になる。

心の底に響く低い、冷たい声だった。

「お前がほかの奴にこんなことしたら、悲しむのは香汰なんだぞ！」

香汰の笑顔が浮かんだ。それは、何より朝陽が守りたいものだったのだ。

正純にとっても同じものであるはずだと、信じたかった。

「正純…」

訴えても、行為はやまないことを、自分の身体で思い知らされる。鬱血しやすい朝陽の肌には、いくつもの紅い痕が散っていた。拷問の痕のようだと朝陽は思った。

「俺が香汰に近づく奴を許せるとでも思ってるのか？」

朝陽を見下ろす男は、香汰には決して向けたことのないだろう冷たい顔をしていた。

「正純…！」

本当に、怖い、と思った。ゾクリ、と背中に冷たいものが走る。

（俺を…、本当に…？）

可愛らしくて性格もいい香汰を恋人にしている正純が、自分を相手にする必要などない。

押さえつけられたまま、正純の身体の下から逃げ出すこともできず、朝陽はただひたすら身体を強張らせたまま、正純が自分の上から退くのを待つことしかできなかった。

きっと、朝陽を脅《おど》かしただけだ。牽制だけなら、もうすぐ、終わってくれる。そう…思うのに。

腕の中に閉じ込め、怯えてうっすらと涙すら滲ませる朝陽を見下ろす正純は、怖いくらい真剣な表情をしていた。

（本当に、俺を…このまま…？）

「いやだ…っ!!」

ためらいを見せていた抵抗が、激しいものに変わる。

「暴れるな。ひどくされたいのか？」

低い声が、恐ろしい脅しを吐く。

「…ぁ…」

泣きそうに顔を歪め、奥の歯が合わないほどに身体が震えた。

一度は熱くされた身体が、急速に冷えていく。

自身の身を守るように、肩から落とされたシャツを胸の前でかき抱く。正純にとってはやすやすと阻めるささやかな抵抗なのに、それすらわからないほど、朝陽は怯えていた。

朝陽を見下ろす正純の目が、すい、と歪んだ。

「あ…、正純…」

震える朝陽の身体を、背中から正純が深く、強く抱き締めた。ぎゅっと音が出るほどに。

肩口に顔を埋め、苦しさに吐息を洩らせば、す…っと正純は力を抜いた。

空いた手が、朝陽の細い顎《あご》をすくい取る。

逃げ出そうにも、力が入らない。

「やだ…う…っ」

朝陽の視界がぼんやりと歪んでいく。

ひっきりなしに零れる涙を拭うことは、許されない。身を守るようにシャツを掻き抱いた腕は外され、シャツの前を開かれる。正純は朝陽の両の手首を再びシーツに貼り付けると、自由を奪った。

ギュッと強く目を閉じる。

ふいに、こめかみに正純の唇が押し当てられる。

朝陽の涙を拭っているのに気づき、朝陽はゆるゆると瞳を開ける。

「どうしてだよ…」

涙声が、朝陽の唇から洩れた。形のいい桜色の唇に、正純は再び口づける。何度も正純に吸われれば、次第に紅に染まっていく。

応えることも知らずただ耐えている朝陽の容姿は煽情的で、艶めかしい。

大粒の滴が零れ、朝陽の頬を濡らした。

(みっともない…)

嫌いな相手に泣かされているのだ。

今受けている行為で、すべてにおいて敵わない、と身体で思い知らされるのだ。

「口、開けろ」

そう正純に命令されて、朝陽はわざと歯を食いしばった。

だが、唇をざらり、と舐め上げられて、その感触に驚き声を上げようとしたところを正純は見逃さなかった。

そのまま深く、唇が重なった。

「んっ…ん…」

正純が仕掛けてきた口づけは、先ほどよりずっと濃密だった。息をすることも許されない、激しい口づけを強要される。怯える舌を追われ、口角から零れ落ちる蜜を舐め取られる。

巧みに蠢く舌先が粘膜に与える刺激に、脳が痺《しび》れたようになる。

(く、苦、しっ…)

じんわりと涙を滲ませると、やっと正純の唇が離れた。

咳き込んで息を整えようとする朝陽を、正純は感情の読めない顔で見下ろしていた。

涙で霞《かす》む瞳の端で、うっすらと見上げると、ひどく冷静な様子が見えた。

(どうしてだよ…っ!)

「んー!」

ちゅ、という音を立てて、正純の舌が侵入する。朝陽の逃げる舌を追いかけて、捕らえては絡めた。しっかりと下半身を愛撫されながらの口づけは、唇にも性感があることを朝陽に知らしめる。

正純の手の中の朝陽の肉根が、ビクビクと脈打った。下肢が感じるほどに、口づけも甘いものへと変化していく。

強すぎる快感が下肢に満ち、とうとう限界を越えて朝陽の官能を直撃する。

息が詰まるほどの淫靡な快楽は、初めての朝陽には濃密すぎて、目の前が真っ白になる。

「あ…あぁっ！」

自分のものとは思えない細く高い声が咽喉奥から迸《ほとばし》り、朝陽は足のつま先までを硬直させながら昇り詰めてしまう。

正純に、朝陽が屈服した瞬間だった。

「…ぁ……」

他人の、しかも正純の前で放出してしまったショックに耐え切れず、正気を失いかけた朝陽を正気に戻したのは、ピチャリ…という音。

正純が朝陽の放ったものを満足そうに眺め、指先の滴を舐め取るのが見えた。

「やめ…」

淫らな雫を舐め取られるなんて、恥ずかしくてたまらない。

身体を震わせる朝陽が、泣きそうに顔を歪めるのに、正純はショックを受ける朝陽の反応を馬鹿にしたように見下ろしている。

(悔しい…)

だが、そう思うことができたのは一瞬だった。

みっともなく射精を強要されただけではこの行為は終わらなかったのだ。

「や!」

朝陽の両眼が驚きに見開かれる。

指先が滑り降り、双丘の奥を暴き立てるように蠢いたのだ。放ったものが入り口に塗り込められる。

「なっ…何してるんだよ!」

「このくらいはしてやるさ。…いきなり突っ込むわけにはいかないからな」

「突っ込むって…?」

(まさか…)

思い当たるものに、身体が震えだす。

まだズボンをつけたままの正純の股間は、それとわかるくらいに屹立しており、窮屈そうにその存在感を誇示している。

「自分だけ達《イ》っといて、俺を気持ちよくさせないなんてことはないよな」

グイッと熱を持ったものが朝陽の肌に押しつけられた。

(あ、あれを…)

朝陽が股間に触れる感触から逃れようと身を捩るのを、正純はわざと擦りつける。

朝陽は恥ずかしさにたまらなくなって、身を硬くした。

(香汰も、こんなこと、してるのか?)

そのことが頭の中を回る。だが、すぐにそんなことを考えている余裕はなくなった。

「あ…ああ!」

指が蕾を割り開く。すぐに指は侵入を始める。

ほかの指で巧妙に入り口を撫でほぐしながら、容赦なく指は朝陽の最奥を犯す。

膝を閉じようにも、身体の中心に正純の身体を挟み込まされている。

「正純! やめて! やめてったら! うっ…えっ…」

子どものようにしゃくりあげても、身体の奥に走る鈍い違和感はなくならなかった。

固く閉じたままの蕾は、無理やり潤いを与えられ、指が捻じ込まれる。

指の一本分の太さだというのに、初めて異物を受け入れたそこは容易には正純の思いどおりにはならない。根元まで指が押し込められると、中に入った指をなじませるように正純は回した。

「えっ…ひっく」

くちゅくちゅと掻き回されれば、入り口は引きつれるような痛みがあった。

中に入った異物を取り除こうと身を捩っても、それは叶わない。粘膜を擦り上げられ、やわやわと緩急をつけて指は蠢いた。

「あぁっ…！　あ！」

ある場所を擦り上げられれば、ふいに痛みではない脳天にまで走る快感が押し寄せる。

「ここが感じるんだろ…？」

朝陽の声のトーンが変わったことに気付き、正純は忍び笑いを洩らした。

(やだ…！　なんだよこれ！)

「あっ…あ…あ…っん…」

声を出すのを抑えようと努力しても、堪えきれない波となって、朝陽を今までに感じたことのない感覚が襲う。

(う…ふう…ど…して…)

緩やかな指の動きを、じれったくすら感じる。きゅ…と朝陽の奥が正純の指を締め付けた。

「…増やすぞ」

「え…？　あああ！」

いつの間にかほぐされてしまった秘部は、なんなく二本目の指を受け入れる。

「ぬ、抜いてっ！」

「駄目だね」

容赦ない口調とともに、突起に歯を立てられた。

「痛…っ！」

ジン…と胸に快感が走った。強く噛まれても、痛みすら快感に変わる。

後ろを弄られながら胸を責められる行為は、壮絶だった。

二本の指は柔らかい媚肉を擦り上げ、朝陽の弱い部分を刺激した。粘膜は赤く充血し、正純の指が蠢くたび強く疼いた。後ろでの快楽は前にも響く。

「あっ…あっ…」

朝陽が感じているのがわかったのか、正純は指の動きを速めた。入り口を広げるように動いていた指を、前後に大きくスライドさせる。強く突き上げては引き抜く動きを繰り返す。容赦ない指の突き上げが、朝陽を追い上げる。

正純の与える愛撫すべてに、朝陽は感じていた。正純に含まれ、転がされた胸の突起は赤くぬらぬらと光っている。噛まれると、全身の血が下半身に集まったようになって、たまらない。夢中で正純の与える快感を貪っていた。

「あっ…あん…」

零れ落ちる声が、止まらない。

「いい声で鳴くな。お前」

与えられる感覚に理性を飛ばしかけていた朝陽は、冷たい響きに急に現実へと引き戻される。

(こんな…やつに)

いいようにされてたまるか。

顔を背けると、シーツを噛み締める。正純の愛撫に反応する声を、聞かせたくはない。

「ま、いいさ。声を聞かせてくれなくたって、こっちの声を聞かせてもらう」

正純の意図がわからずに、朝陽は不審げに眉を寄せた。

途端に、ぐちゅ…ちゅ…という音が大きくなる。

(やあぁ…あ!)

朝陽の最奥の部分の立てる音だ。体内に沈む指が襞を擦り上げ、朝陽が嬌声を上げる場所をぐちゅぐちゅと刺激する。縦横無尽に指が朝陽を蹂躙する。

「ひ、ひど…」

噛み締めが、解けた。唇からシーツが零れ落ちるのにも構わず、朝陽は訴えた。

「どこがひどいんだ？　ちゃんとよくしてやってるだろう？」

正純は朝陽の抗議などものともせず、さらに指の動きを速めた。抉《えぐ》るようにして中を広げられ、前が限界まで張り詰める。

「む、無理…お願い…やめて…もう…」

とうとう朝陽は懇願をその口にのせた。

正純に何度も口づけられたせいで、真っ赤に濡れそぼっている。

「お願い…」

涙を黒目がちの瞳に浮かべ懇願するその儚《はかな》げな容姿に、正純の欲望がまた一段と大きくなった。太腿に押し付けられた大きさと硬さに、朝陽は怯えた。けれど、恐れだけではなく甘い期待が胸に浮かび始めている。

（もう、…駄目）

理性が後どれだけもつかわからない。それほどに、正純によって与えられる感覚は凄まじく、快楽に身を委ねたまま、淫らな言葉を口走ってしまいそうだった。

プライドなんてない。懇願しても、何をしても構わない。だからやめてほしかった。

一度達したというのに再び張り詰める自分の欲望があさましくて、たまらない気持ちになった。

「ん、ん…」

正純が刺激するたびに、噛み締めることもできずに唇からはひっきりなしに艶めいた声が洩れる。濡れたその喘ぎが、自分のものだと自覚するたび、朝陽の羞恥に染まった肌は、いっそう濃く色づく。身体の芯が疼き、無意識に腰が揺らぐ。自ら快楽を味わうような動きを見せていく……。

「あ、ん…」

胸元に顔を埋める正純の髪を、胸に押し付けてしまう。

「そろそろ…いいか」

満足げな呟きとともに、自分を圧迫していた指が、身体の奥から引き抜かれた。

「あ……」

(終わったんだ…)

正純が朝陽の胸の上から顔を離す。離れていく身体に、朝陽はほっと、安堵の息を洩らした。

だらりとシーツの上に、腕を投げ出す。抵抗する気力なんてもう残ってはいない。

正純は体勢を整えると、朝陽の身体を再び強く抱き込んだ。

「俺の首に腕を回せ。…そうだ」

霞む意識の中で与えられる命令に、朝陽は従う。

そうすることで早く解放されるなら。それだけを願っていた。

朝陽を抱き締めるのが、正純は嫌ではないのだろうか。

気に食わない相手を…抱き締める、なんて。霞む思考の中でぼんやりと思う。

ただ、言われるがまま、しっかりと正純にしがみつく。

「しっかりしがみついてろ…。抱いててやる」

「ん…」

朝陽は小さく頷いた。

正純の声がうって変わったように優しい。

涙に視界が霞み、どんな表情で正純がそんな台詞を言ったのか、探ることはできない。

太腿を割り開き、正純の指先によって綻んだ蕾に、鋭い猛りが押し当てられる。

熱い。

「え…？　あ…あ!!　あ！」

朝陽の咽喉が限界まで反り返る。

指とは比べものにならない灼熱の塊が、蕾を割り開く。ずぶりという音が、谷間から聞こえてくるようだった。

「やっ！　やっ…！　あぁ…」

狭い体内を掻き分け、強引に剛直が押し進んでくる。

あまりの衝撃と圧迫感に、息が詰まりそうになる。

けれど、苦しいと感じたのは先端が通過する時だけだった。奥まで捻じ込まれるたびに、苦痛ではなく確かに、下肢が蕩《とろ》けるような深い疼きが込み上げていた。

「ん、や…ぁ、ぁ……」

侵入を拒むことはできず、正純のなすがままに最奥を蹂躙されながら、もう、朝陽は弱々しく啜り泣くことしかできない。

得体の知れない強い刺激はたまらないほどの快楽で、指に解され続けるうちに感じやすくなった内壁に切っ先が当たるたびに、それは大きくなっていく。

自分の中の何かが壊されていく感覚が恐ろしくて、たまらない。

「いや、ぁ…!」

震えながら涙を零すと、あやすように何度も口づけられた。

痛い、と朝陽が言うと、正純は侵入をやめた。

朝陽の分身を長い指で擦り、朝陽が再び喘ぎ声を出すと、また侵入を開始する。

いつ果てるともわからない、長い、…時間だった。

「全部入ったぞ」

「ん…?」

何が入ったか、言われなくてもわかっていた。

ずっと正純にしがみついていた朝陽はまじまじと見たことはなかったが、それでも、正純がズボンから取り出したものが太腿に当たった時、朝陽とは比べものにならないくらい、大きなサイズだったことを感じていた。

双丘の間の窄まりは、引きつれたような痛みをもたらし、自分がどこに正純を受け入れているかを想像して、朝陽は興奮していた。内壁を擦る感触がする。

朝陽は正純の肩口に、顔を埋めた。荒い息を整えようとそこに唇を寄せる。

「は…ぁ…」

ぎゅ…と音が出るくらい強く、抱き締められる。

(どうして…?)

なぜ、自分を正純が抱き締めるのかわからない。

「正純…?」

「そうだ。…もう一度名前を呼べよ」

朝陽が黙っていると、一度大きく突き上げられた。

「あうっ…!」

脳天まで響くような快感が突き抜けて、朝陽の目の前が真っ白になった。

正純の剛直に貫かれて、朝陽は感じた。今までに味わったことのない、深い快感だった。

もっと、強く凶器で貫いてほしいとすら、思わせるほどの。

「…あっ!」

「お前を抱いてるのは誰だ?」

「ま…正純…」

「忘れるなよ」

なぜ、正純が自分の名を呼ばせようとするのか。

ベッドがギッギッと軋み始める。

柔らかい媚肉を、剛直が擦り上げるたびに、たまらない愉悦が込み上げる。

「あぁ! あ! あんっ! あっ!」

叩きつけられる熱根に、どうしようもないくらい、朝陽は感じていた。

引き抜かれては、再び強く剛直が奥まで挿入される。内壁を擦られる痛みはいつの間にか疼きに変わった。

指では届かなかった奥の部分を、正純の硬い熱棒は何度も突き上げる。

突かれれば、ひっきりなしに我慢することのできない声が上がる。

みっともない自分の嬌声など、聞きたくない。

耳を塞ぎたいのに、正純に縋りつく腕を離せない。

正純がぐちゅぐちゅと腰を揺するたび、腰が蕩けそうになるほどの快感が込み上げる。

「あん…あっ！　…あぁっ…ぅ…」

無我夢中で与えられる快楽を貪り始めた朝陽に、正純は腰の動きを速めていく。だんだんと激しくなる腰遣いに、限界以上の快楽を引き出され、正純によって与えられる感覚しか考えられなくなっていく。

腹の間で擦られている朝陽の分身も、限界まで張り詰めている。

脳天を焦がす甘い痺れが、背中を通って全身に駆け巡る。

「正純っ…まさ…あ…」

名前を呼ぶとなぜか正純の腕が優しくなるのに、朝陽は気付いた。

だから、朝陽は正純の名前を呼んだ。

男に抱かれ、朝陽の身体が淫らに堕ちていく。

すべてが初めてだったのだ。

……口づけさえも。

何も知らない朝陽に、正純は欲望を刻み付けていく。

「いやぁああ！」

ひときわ高く朝陽が叫ぶと、正純は朝陽の中に欲望を流し込む。

朝陽は薄れていく意識の中で、正純が『朝陽』と呼ぶ声をおぼろげに聞いていた。

最低な男だ、と思った。

香汰に近づけないための牽制を、もっとも効果的な方法で朝陽は思い知らされたのだ。

(ひどい…)

身体中が痛んだ。何より、心が痛い。

行為の後、気を失った朝陽は、いつの間にかパジャマを着せられて、ベッドに寝かされていた。

上だけ羽織るように着せられたパジャマは、さらさらという肌触りがした。

大きめのパジャマの本来の持ち主は誰か、言うまでもない。

広い肩幅のサイズは、きっちりと上までボタンを留められていても、朝陽の華奢な肩を露わにしてしまっている。

肩にも赤い痕が光っていた。自分が男に抱かれたこと、そして支配された証だ。

自分の身体を守るように両腕で抱き締める。それでも、震えが止まらない。

一時でも早く、自分が犯された場所から逃げようと起き上がろうとしたが、それは叶わなかった。

「うっ……！」

苦痛に呻きながら、ベッドに突っ伏してしまう。

「…気付いたか？」

「え…」

声のした方を見上げると、シャワーを浴びた正純が、黒髪に滴をしたたらせたまま、朝陽を見下ろしていた。額に乱れる黒髪を、うっとうしげに掻き上げる仕種が壮絶に艶っぽい。

クールな眼差しが、ベッドに横たわる朝陽をとらえた。

正純の上半身は裸のままで、濡れた胸板に目が引き付けられる。

雄の魅力を存分に放つその様を、朝陽は力なく見上げた。

（こいつに、俺は…）

抱かれたのだ。

女たちが放ってはおかない容姿を持つくせに、ただ、香汰に近づくな、という牽制だけのために。

引き締まった筋肉は充分に強く、凶器は朝陽の理性を奪った。

秘められた最奥を蹂躙されて、正純の意のままに身体を支配された。

精液を注ぎ込み、朝陽の身体で欲望を満たした。

もう、睨み返す気力は残っていない。

正純に背を向けると、朝陽は正純の存在を拒絶するように、しっかりと目を閉じる。

ギシリ、とベッドが沈み、自分の足元に正純が腰掛けたのだと知る。

「シャワー、連れていって身体、洗ってやろうか?」

「…」

朝陽はその言葉を無視した。しばらくの間、沈黙が落ちる。

「な、何…?」

正純は、起き上がろうとしない朝陽の腰に手を差し込むと、ゆっくりと身体を引き上げた。

そのまま腰掛けた自分にもたれるように朝陽の身体を抱き寄せる。

「あ…」

起き上がった瞬間、引きつれたような痛みが、直前まで受け入れていた部分から生じた。

(本当に…)

夢ではないのだ。

疼く痛みは先ほどの行為が現実であるということを、あらためて朝陽に知らしめる。

まだ、開かれた感触が残っていて、じわりと残る疼きと気怠げな下肢に、朝陽は眉を顰めた。

シーツが朝陽の身体から滑り落ち、布を身につけない脚が露わになった。

正純の目が、露わになった朝陽の下肢に落とされる。大き目のパジャマによって、脚の付け根は覆われていたが、すらりと伸びた脚は正純の視界に晒される。

いつの間につけられたのか、太腿の内側にも朱が散っていた。

力が入らない朝陽の身体を支えるように、正純の腕が朝陽の腰に回されている。

強く抱き締めれば、折れてしまいそうなたおやかな身体つきは、正純とはあまりにも違いすぎる。

「触るなよ…」

正純の腕の中に閉じ込められたままの状態がつらくて、朝陽はやっとの思いで口を開く。

拒絶の言葉はひどく、弱々しかった。語尾が掠れ、嬌声めいた艶の名残がある。

(俺の声じゃないみたいだ…)

悔しい。胸を押し返そうとすると、唇に冷たいものが当たった。

「ん…っ」

ゴクリ、と喉が鳴る。

冷たい唇だった。

正純の唇が朝陽の唇を奪う。

舌にノックされ、朝陽がやっと口を開くと、冷たい唇の正身体がわかった。注がれる液体が咽喉を潤す。ずっと抵抗を続けて叫んでいたせいで咽喉が渇いていた。

「あ…」

正純の腕の中で、口移しで朝陽は冷たく冷えた液体を飲み干した。

香汰にキスする唇で。

自分に口づけている。

単に…水を与えるだけの手段だとしても。

正純にはキス…という意図はなくても。

好きな人の…恋人の口づけを受けている自分の胸の中が、罪悪感でいっぱいになる。

咽喉に注がれる冷たさが、朝陽の思考に少しだけ冷静さを呼び戻す。

自分にこんなひどいことをする男が、香汰にどんな態度を向けているのか。

それだけが、心配で。

情の深い朝陽は自分の身体よりもまず香汰のことを気遣ってしまう。

どうしても、訊かずにはいられなかった。

「聞きたいことがあるんだけど」

「なんだ？」

「…香汰には…優しくしてるの？」

朝陽の質問の意図が、正純はすぐにはわからなかったらしい。けれど、真剣な朝陽の様子に、正純は答えた。

「…ああ」

（っ…）

優しく抱き締める腕も、きっと、甘い口づけも。

好きな人には…与えるのだろう。きっと、優しく。

こんなふうに、…無理やり脚を開いて、固く閉ざされた窄まりをこじ開けて、最奥を傷つけるように蹂躙するような強引な真似は、香汰にはしない。

朝陽が恐怖に身体を震わせても、泣いても。

精一杯の最後の懇願も…聞いてはもらえなかった。

絶え間ない律動を受け続けている間、シーツに貼り付けられたままだった手首には、食い込んだ正純の指の紅い痕がある。

朝陽にだけだ。こんな…ひどいことをするのは。

香汰にはきっとしない。香汰にはきっと優しい。

「…なら、いいんだ」

言った途端、じわりと視界が歪んだ。

声が詰まる。胸が引き絞られるように痛んだ。

胸が痛くて、……痛くて、たまらない。

涙の滲む瞳を見られたくなくて、腰に置かれた正純の腕を振り切り、再びシーツの中へと身を滑らせる。身を守るように、シーツを身体に巻きつけようとするが、震える指先がうまく動かない。正純の大きすぎるパジャマが、朝陽の肩口から零れ落ちる。

シーツを被ってなお、頼りなげに露わになった肩は寒々として、落とされた照明の室内に、白い肌が薄ぼんやりと浮かび上がる。

「…おい」

正純の腕が、朝陽を自分の胸の中に引き戻すかのように、朝陽のはだけた華奢な肩を掴んだ。

(っ…)

意図せず、ビクリ、と朝陽の身体が竦んだ。端から見てもはっきりとわかるほどに、激しく。

覚えている。身体は。精神が虚勢を張ろうとしても、初めて…自分を犯した男を。

正純の指先の動きが、止まる。

「言わないから。今日のことは。香汰が、悲しむから」

詰まる咽喉と震える声をごまかして、途切れ途切れに朝陽は告げる。一息に告げれば、声が震えて、嗚咽《おえつ》に変わってしまいそうだった。わざと口調をはっきりと強めて、朝陽は言った。

「だから。一人にしてくれよ。明日、ちゃんと出てくから」

本当は今すぐにでもここを出ていきたかった。だが、それは無理だ。下肢は甘怠く、何度も達した倦怠感《けんたいかん》が色濃く残り、力が入らない。

「それくらい、聞いてくれてもいいだろ?」

肩に置かれた正純の指先に力がこもるのがわかった。

(…ぁ)

もしかしたら、正純をまた、怒らせてしまったかもしれない。

青ざめながら、朝陽はぎゅ、と堪えるように目を閉じる。

掴まれていた腕の力が強くなったから。

生意気を言う自分を、また力づくで捻じ伏せようとするかと、思ったのに。

す…っと肩に置かれた指先の存在が失せる。

ベッドから一人分の体重がなくなり、ドアが……パタンと音を立てた。

……静けさが部屋を支配する。

(あ……)

まさか、正純が自分の願いを聞いてくれるとは思わなかった。

一人に…なれたのだ。

「…う…」

主の出ていった部屋で、やっと、朝陽は声を押し殺して泣いた。

手のひらで強く唇を塞ぎ、頭からシーツの中に潜り込む。

男に犯されて泣くなんて。…悔しい。みっともなく泣くなんてまね、したくはないのに。

涙は後から後から溢れてくる。正純には泣き声など、絶対に聞かせたくはなかった。

(正純は香汰には優しいんだから。だから…)

香汰の笑顔を守らなければならないと思う。

(俺が心配することはないんだから…)

正純と一緒にいる時の香汰は、いつも楽しそうに笑っている。

その笑顔を見るのが、好きだった。

正純がもし香汰に優しくないとすれば、香汰はあんなふうには笑わないだろう。

正純の言うとおり、正純は香汰には優しいのだ。

(俺にだけ…? こんな…)

横恋慕をした報いというのだろうか。

だとすれば、あまりにひどい仕打ちだ。

泣き疲れて眠り込んだ朝陽の上に、背の高い影が夜忍び込んできたことを、朝陽は知らない。

涙の跡が残る青ざめた顔を見下ろすその表情は、苦く、苦しげに歪んでいた。


頬が、熱い。


「今日帰り、どっか寄ってく?」

「ちょっと目をつけてたお店があるんだけど、そこ付き合ってくれない?」

楽しげな声が朝陽の横を通り過ぎる。六限目の後のHRが終われば、クラスメイトたちはそれぞれの目的の場所へと、さっさと教室を後にする。

HRが終わっても席を立とうとしない朝陽の横に、香汰が立った。

「なあ、朝陽、聞いてるのか?」

「え?」

はっと朝陽は顔を上げた。

「HR終わったんだけど…」

人懐っこい笑みが朝陽を覗き込んでいた。

「あ、ああ、俺も部活に行かなきゃ」

慌てて立ち上がれば、ガタンと椅子が派手な音をたて、ノートが床に落ちる。わたわたと拾い上げるが、そんな朝陽の様子は、頼りがいがあって落ち着いた性格のいつもの朝陽らしくない。香汰を不審がらせるのに充分だった。

「まったく、今日ずーっと上の空じゃん。何かあった?」

眉を顰めながら、香汰が心配そうに朝陽の頬に手を伸ばす。頬は、昨晩からずっと仄かに色づいたままだ。艶やかに濡れたような光を投げかけ、壮絶に…色っぽい。

ずっと、俯き加減で朝陽は今日一日を過ごしたから、クラスメイトたちがはっきりと気付くことはなかったけれども。

濡れた瞳、吸われ続けて紅く染まった唇。気怠げで物憂げな表情。すべて、正純に身体を開かれたせいだ。…無理やりに。

「いっ、いや、何もないよ!」

ぶんぶんと強く首を振れば、香汰は妙に懸命な朝陽の態度がおかしかったのか、クスリと笑った。

「そんなに強く否定しなくても」

朱の上ったままの艶やかな朝陽の頬に、熱でもあるのかと香汰は手のひらを当てようとする。

（っ…）

ビクリ、と朝陽が身体を竦ませたのは、無意識。

香汰の指に、昨晩朝陽の頬に伸ばされた骨太の指先の記憶を、重ね合わせてしまう。

頬を包み込むように手のひらは伸ばされ顎をすくい取り、唇を、奪った。深く。

口腔を舐め上げ、蹂躙するように蠢いた舌先。

逃げても追われては搦め捕られ、苦しくて涙を零した。

男の指先は、最奥までも暴きたて、粘膜に擦り上げられる快楽を覚え込ませた。

男に支配された記憶を、身体が覚えている。

「…どうしたの？」

朝陽の反応に、ぎょっとしたように香汰は目を見開く。慌てて頬に触れた手のひらを引いた。

「ご、ごめん！　ちょっと風邪気味…みたい」

朝陽に嫌がられたのかと、香汰は傷ついたような表情を見せた。

誤解で香汰を傷つけたくはなくて、朝陽は慌てて言い訳を口にする。

「そう、…無理しないで休めばよかったのに」

風邪気味という嘘の言い訳を信じたのか、嫌がられたのではないとわかった香汰はほっとした表情を見せながらも、すぐに心配げに顔を曇らせる。

朝陽の様子を窺おうと、下から顔を覗き込んでくる香汰のまっすぐな瞳をまともに見てしまって、朝陽はそっと逃げるように視線を外す。

香汰がまた、心配そうに眉を顰めた。香汰にそんな顔を、本当はさせたくはなかったけれど。

今日はずっと、香汰の顔がまともに見られない。

香汰は、朝陽を怒らせたのではないか、とか、嫌われてしまったのではないか、と心配しているらしい。それで、自分を避けるような態度を取っているのだと。

朝陽に避けているつもりはなくても、朝陽の今の態度は、香汰を誤解させるのに充分だ。

親友と信じている朝陽のそんな態度に、不審がらないはずがないのだ。

香汰は優しい。何か自分が悪いことをしたのかと、まず自分の態度を気にして、今日は朝から休み時間になるたびに、何度も朝陽の様子を見にきていた。

(ごめん…)

心配を掛けていることを朝陽は心の中で謝った。

本当のことは、絶対に。

(…言えない)

「風邪なら今日は部活休むんだろ? 一人で帰れるか? なんかふらふらしてて危なっかしいな。途中で倒れたりなんかするなよ」

「う…ん。大丈夫」

「熱あるだろう？　やっぱり、送ってってやるよ。ちょっと先生に頼まれてる用事があるから、ほんの少しだけ保健室で待っててくれる？」

誰にも言えない身体の奥底が、まだ熱い。ふらついているとしたらそのせいだ。

「本当に大丈夫？」

香汰の手のひらが、無邪気に朝陽の額に触れようとする。香汰はもともとスキンシップを好み、ことあるごとに朝陽に触れてくる。

それは香汰にとっては自然なことだと朝陽は思っている。だが、そう思わない人間もいるのだ。

「俺に寄りかかって」

香汰が朝陽の背に手を伸ばし、支えようとした時だった。

その手は朝陽に伸ばされる前に、何者かによって朝陽に触れることを遮られる。逞しい腕が、朝陽の身体を奪い取る。

「正純、ちょうどよかった。お前のほうが大きいんだから朝陽に肩借してやってよ。熱あるらしいのに今日一日無理してたみたいなんだよ」

「っ！」

膝が、震える。

今自分を抱きかかえている腕は。

「大丈夫なのか？」

低い美声。昨晩耳元で何度も朝陽に吐息を吹き込んだ。

声のした方を振り返る勇気はない。

（さ、触るな…）

息が詰まり、声に出して言うことはできなかった。

朝陽の身体を支えるように、包み込むように逞しい腕が細い腰を抱く。

しらじらしく『大丈夫か？』と聞く正純は、香汰の前では優しい恋人なのだ。

（大丈夫、なんかじゃない）

初めて男を身体に受け入れさせられて、一日しか経っていない。今朝の練習に出られないのはもちろんのこと、食事もほとんど咽喉を通らない。

「ちょっとバスケ部の用事があるから」

朝陽に触れようとする香汰の手を、朝陽はやんわりと拒む。

香汰に触れれば…、正純にどうされるかわからない。

自分の傍にいながら、正純ではなく朝陽のことばかり気に掛ける香汰に焦れたのか、朝陽を抱く正純の腕に、苛立たしげに力がこもった。

正純が睨んでいた。香汰に必要以上に触れる朝陽を、咎めるように。

背中から正純の胸元に抱き寄せられる。閉じ込められる前に無我夢中で正純の腕を朝陽は振り払った。

「…あ」

バシッと小気味いい音がして、正純の手の甲がみるみる赤く染まった。朝陽自身も驚くほど強い力だった。動揺に顔から血の気が引いていく。

「だっ！　大丈夫だから！　俺、一人で帰る。…方向違うし」

やっとの思いでそれだけを叫ぶように言うと、朝陽は二人に背を向ける。

痛む身体を引きずるようにして、廊下へと逃げる。

「朝陽！」

心配そうな香汰の声が、朝陽の背に突き刺さる。

元いた教室から離れ、二人の視界から逃れようと一番近い廊下を曲がる。階段を下りようとしたところで、足元を浮遊感が襲った。立っていられずに、廊下の壁に疲れきった肩をもたれさせる。ひんやりとした壁の冷たさが、熱を持った朝陽の身体に染み込んでいく。

足に力が入るまで、少しだけここで待とうとすると、背後から力強い腕が自分を支えた。

「具合が悪いなら、さっさと言え」

硬い声が朝陽を叱責する。

「俺たちの前で無理なんかするなよ。帰る前に一度保健室、行く？」

対照的に、優しい声で朝陽を宥めるは、香汰だ。

（香汰の目の前で、香汰の恋人の腕の中に抱かれるなんて）

何より誤解されたくないはずの男の腕は、朝陽の腰にがっしりと回されて外れる気配がない。

いらない嫉妬で香汰を苦しめたくはない。

「一緒に行こうよ」

香汰の腕が朝陽に伸ばされた。

「香汰…」

朝陽が香汰の腕を取ろうとした時だった。

「お前はいい。俺が連れて行く」

（っ⁉）

厳しい声だった。有無を言わせない正純の態度に、香汰は圧倒されている。

そのまま正純は朝陽を香汰の元から連れ出した。

「どうしてだよ？　俺なんかほっとけばいいじゃないか」

「そうもいかない。お前が具合を悪そうにしていると香汰が心配する」

「そう…」

ズキリ、と朝陽の胸が痛んだ。

原因を作ったのは正純なのに、朝陽を心配したそぶりを見せたのは、結局香汰へのポーズにすぎなかったのだ。わかってはいても、その扱いに、朝陽は傷ついた。

「だったらもっと優しく言えばいいのに。さっきの態度、香汰驚いてたじゃないか」

「別に」

放課後の廊下は、二人のほかに誰もいない。

「話すくらいいいだろ？　友達なんだから！」

「友達、ねえ」

朝陽の心を見透かす言葉に、朝陽はカッとなる。

「俺はお前みたいなことを香汰にしようとは思ってない！」

そう、身体で誓わせられた。

「信じられないな」

「なんでだよ！　話すことも許さないのかよ！」

朝陽は正純のシャツを掴んだ。悔しさのあまりそれを皺になるほど握り込む。

「どうして…そこまで…」

俯く朝陽に、感情の読めない声が降る。

「…条件がある」

「条件？」

「俺たちの邪魔をしなければ、友達のふりを続けさせてやる」

「邪魔なんて…するつもりないよ…」

「俺みたいなのが香汰の傍にいるのは不服って顔をずっとしてるのなんか、お見通しなんだよ」

「それは…」

朝陽の瞳が揺れる。

「まあ、いい。着いた」

保健室のドアを朝陽のために開ける。

放課後の会議にでも出席しているのか、保健医の姿はない。二つ並んだうちのドアに近いほうのベッドに、正純は朝陽を座らせた。

用は済んだとばかりに、正純は部屋を出ていく。朝陽を残して。

ふいに、ドアは外から開いた。正純が戻ってきたのかと、朝陽は身体を強張らせる。

「朝陽、具合悪いんだって？　そこで神原から聞いたよ」

副部長の綾河だった。

「あ、ああ。今日は放課後の練習も休むけど、いいか？　迷惑掛けて悪いけど」

「何言ってるんだよ。お前はそんなこと気にしないでいいの。風邪だって？」

「…う、うん」

「今の時期の風邪は治りにくいらしいからな。部長になったばかりでいろいろ気も遣ったんだろう。ちょうどいいからしばらく休めば？」

「そうも言ってられないよ。明日には復帰するつもりだから」

「後輩たちが寂しがってる」

「しごいてほしいって？」

「んなワケないだろ！」

笑いながらお互いの顔を見合わせる。今日一日の中で、初めてほっとする時間だった。

「後輩たちが寂しがってるのはほんとだぜ」

事実、朝陽が見ている時といない時では、後輩たちのやる気が違うのだ。

朝陽が見ていると、皆いいカッコを見せたくて、実力以上に頑張るのだ。

そんな朝陽が、今日の朝練を休み、校内ですれ違うたびにやつれた様子だったことを、後輩たちは何より心配している。そして…もともと綺麗な朝陽が、いっそう艶っぽさを増したことも。

今の朝陽を一人にしておくのは、ひどく、危なっかしい。

「早く練習に行けよ。もう少しだけ休んでから適当に帰るから」

「わかった。無理するなよ」

綾河は素直に頷くと、部屋を出て行く。

朝陽の体調も先ほどより幾分かはマシなようだった。

これ以上保健室にいる理由もない。

下校のため昇降口に向かおうとして、朝陽はカバンを教室に忘れてきたことに気付く。

戻ろうとすれば、香汰が昇降口にいた。

「あれ？　今正純がお前のカバン持って保健室に迎えに行ったけど」

「え？」

自分を置いて帰ったのだと思ったのに。

「すれ違っちゃったのかな」

そう言う間もなく、正純が姿を現す。珍しく慌てたような気配があった。

「カバン…ありがと。じゃ、また…」

さりげない仕種で朝陽が正純からカバンを取ると、二人に背を向ける。

「朝陽！　一人で帰るなよ。心配だろ？　一緒に帰ろ？」

「大丈夫だって…」

今日は香汰は正純と約束があると言っていたのを、朝陽は聞いていた。

「いいって。朝陽の体調のほうが大事に決まってるだろ」

「ほんと、大丈夫だから」

香汰の後ろには、正純がいる。

今の台詞は香汰に告げるようにして、その実、正純に聞こえるように言ったのだ。自分は断っているのだ、ということをはっきり示さなければ、正純に何をされるか…わからない。

「正純、香汰と帰るだろ？　それじゃ…」

「正純も一緒に送ってくから」

「いいって。子どもじゃないんだよ？」

「そんなこと言ったって、今日ふらふらしてたじゃん！」

本気で朝陽を心配しているのがわかる。いいやつなのだ、香汰は。朝陽の胸が熱くなる。

「俺はかまわない。香汰がそう言うのなら」

今まで黙っていた正純はそう言うと、朝陽のカバンを取り上げた。

「あ…」

自転車置き場へと勝手にずかずかと、歩いていってしまう。

「香汰、お前は帰れ。朝陽は自転車通学だ。俺がこいで後ろに朝陽を乗せていくから」

その申し出に朝陽はギョッとする。

(正純と二人なんて…)

冗談じゃない。

辞退しようとする朝陽に香汰は呑気に言う。

「俺がこぐよ?」

「…無理だろ」

正純は鼻で笑った。

「ひっでー! どうせチビだよ」

「わかってるなら俺に任せておけ」

「まあそーだけどー」

二人のやりとりは仲のいい恋人同士のようだ。

喉元まで込み上げた苦味を、朝陽は飲み下す。

正純が朝陽の自転車を、駐輪場から勝手に引き出す。

「朝陽を乗せてんだから気をつけろよ。正純」

「ああ…いつまでそうして突っ立ってんだ。乗れよ」

「う…うん」

香汰の手前断ることもできず、しぶしぶと朝陽は正純の後ろに腰を下ろした。

「じゃ、また明日ね」

香汰の言葉に返事をすることもなく、正純は自転車のペダルをこぎだした。


朝陽の家は学校から自転車で二十分ほどの閑静な住宅街にある。専業主婦をしている母はカルチャースクールに出かける用事がない限り、家にいることが多い。部活を休んで帰ってきた言い訳をどうしよう、と朝陽は頭を痛める。

原因を作ったのは目の前の男だ。

決して小柄ではないはずの朝陽を背後に乗せても、正純の脚力はびくともしなかった。

「軽いな、お前」

そんなことまで言われて、朝陽はいたたまれなくなる。力で屈服させられたことを思い出させるからだ。

正純は車庫の前に自転車を停めた。

「ここか？　お前ん家」

「うん。…帰り方、わかる？」

「帰り方？ …送ってやったんだ。お茶の一杯くらい出してくれたっていいんじゃないか？」

（別に頼んでないのに）

そうは思ったが正純を怒らせたくなくて朝陽は玄関のドアを開けた。室内に人の気配はなく、在宅しているはずの母親の姿はない。

（二人きりなんて）

予想していなかった状況に朝陽は慌てる。だがそれを顔に出さないよう必死に努める。

テーブルには走り書きのメモがあった。きっと母親の伝言だろう。

「どうぞ」

リビングに通すと正純はさっさと中央のソファに腰掛ける。

朝陽はキッチンに行ってペットボトルのウーロン茶をグラスに注いで戻ると、ドン、とやや乱暴な仕草でそれを正純の目の前のローテーブルの上に置いた。

正純はしげしげと朝陽の家を見回している。

（どうせ、庶民だよ。高級な家具なんかもないし）

正純の部屋の重厚な家具が頭をかすめた。

「…身体見せてみろ」

「…え…？」

何を言われたのかわからなくて立ったままの朝陽に焦れたように、正純は乱暴に朝陽を引き寄せた。

ソファに座る正純の膝の上に、乗り上げてしまう。膝の上に朝陽をのせたまま、正純は朝陽の腰に腕を回す。

「正純！　母さんが帰ってくるから放してよ！」

「…今日は遅くなる、っていうメモがあったな」

（見られていたのか！）

正純がしげしげと家の中を見回していたのはそういうことだったのかと、今頃気付く。

メモを処分しなかったことを激しく後悔した。

制服のネクタイに手が掛けられた。ぐい、と一息にネクタイが引き抜かれる。シュル…という音が妙に大きく室内に響いた。

「や…やだ……」

ネクタイを取り戻そうと手を伸ばしたが、あっさりと床に落とされる。身じろげば、腰に回された腕の力が強くなる。

「おとなしくしてろ。ひどいことはしない」

正純の命令に従わないとひどいことをされるという不安に、朝陽の身体は無意識のうちに強張る。

思うように抵抗できないでいる朝陽を見下ろしたまま、正純は朝陽のブレザーを剥ぎ取った。肩からシャツが落とされ、朝陽の肌が正純の目前に晒される。

陶器のようになめらかな肌が現れる。しっとりと肌理細かな肌の上には、淫らに散った紅い痕がある。男を知った身体は、初めて抱かれたばかりだというのに、男を誘う艶がある。

「痕が残ってるな。体育や部活で着替える時、ほかのやつらに見られないようにしろよ」

「正純っ……！」

真上から観察されている。

じっくりと痕の残る身体を、見られているのだ。恥ずかしさに眩暈《めまい》がする。

真っ赤に頬を染めて、ぎゅ…と目を閉じて耐える朝陽の目尻に、温かい感触が触れた。

ぐっと正純が腕に力をこめると、自分の下に朝陽の身体を引き込む。

「やめろよ！」

ソファに押し倒される体勢になって、朝陽は怯えた。

(こんなことするなんて、きっと)

「怒ってるの？」

怒らせたのだ、と思った。再び近づいた唇を避けながら朝陽は訊いた。

「何をだ？」

「香汰との用事、俺が邪魔したから？」

「…そういえば、そうだったな」

今そのことに気付いたかのような答えが返される。正純の声はいつもどおり、感情が読めないままだ。

「そんなつもりなかったのに！　邪魔しないようにしたのに！　俺は一人で帰るって言っただろ？」

「…あそこで香汰とお前が二人きりになるほうを選べというのか？」

「っ！」

正純がそんな状況を、許すはずがなかったのだ。

「お前を送っていかないで香汰に責められるのはごめんだ」

すべて香汰のため。

香汰の前でいい格好をしたい…から…。

（そう…）

「もう邪魔しないって約束する。香汰にもなるべく近づかないようにする」

それは朝陽にとって、一番つらい選択だった。

だがそう言わなければ目の前の男を納得させることはできないと思った。

(これで…もう、正純が俺のこと、構う理由もなくなるよね?)

じっと朝陽は自分の上の体重が消えるのを待つ。だがそれはなかなか消えない。

「だから…どいて…」

切なげに瞳を潤ませながら、朝陽は懇願する。見るものの胸を締め付けるような、痛々しげな表情だ。

正純の口の端が、苦く歪んだ。

「…俺が怖いか?」

低くこもった声には、自嘲めいた響きがあった。

苦しげな気配すら漂わせる正純の声は、朝陽が初めて聞くもので、朝陽の心臓がざわめく。

(え…? なんでお前がそんな顔、見せるんだよ…?)

いつだって朝陽に対しては尊大で、強引で、そんな表情を見せたことがなかった。

意外なものを見る目つきで朝陽は正純を見上げた。正純の目をまっすぐに見返せば、やはり身体が強張るのは止められない。

「こ、怖くなんかない」

震える身体がそれは嘘だと物語っている。

ふ、と正純の口から吐息が洩れた。

「最後まではしない。…今日はお前だけよくしてやるさ」

「よく…?」

ビクッと反射的に身体が跳ねた。正純の手のひらが、朝陽の肌の上を滑りだす。

「ま、正純っ！　い、いやっ…！　放してっ！」

ベルトに手が掛かった。もがけば両腕が頭上で一つにされ、正純の腕にガッチリと掴まれる。

「正純！　正純！」

何度も名前を呼んだ。自由になる首を振って抗議するが、正純は巧みにベルトを外し、下着ごと制服のズボンを取り去ってしまう。男の前に下肢は晒され、その間に逞しい身体を挟み込まされる。

「香汰にこういう気持ちを起こさないようにしておかないとな」

はだけられた胸元に唇が押し当てられ、胸の突起をペロリと舐め上げられる。

「やだあぁ！　…あっ…あぁ…っ」

華奢な肢体が正純の腕の中で跳ねた。柔らかな背が反り返る。

「香汰に、こんなことしないから…！　お願い…」

嫌いな男なのに、巧みすぎる愛撫に、確実に若い身体は反応していく。

「お願い…や、…」

舌先で愛撫されるのとは、反対側の胸を指で弄られれば、ぞくぞくした快感が下肢に走った。

「ぁ…ぁ…」

頭上で腕を縛《いまし》められたまま、胸を虐めるように愛撫される。

びくびくと下肢を震わせながら、朝陽は鳴いた。突起はしだいに尖りだし、硬い質感を男の舌先に与える。胸も、下肢も、尖りだすいやらしい身体に、正純が貶めていく。

充分に胸の肉粒を味わった後、正純は頭上の縛めを解いた。

胸元に埋めていた唇を、下へと滑らせていく。

「え…?」

ねっとりとしたものに立ち上がりかけた分身が包み込まれた。

肌が、焼けそうだった。

「あっ!」

必死で閉じていた目を開けると、正純が自分を銜えているのがダイレクトに視界に入る。刺激の強すぎる光景に、朝陽のつま先が、限界まで反り返る。

「やめろよ! …なんでそんなっ…」

好きでもない相手のものを口に含むことができるのか、不思議だった。

くちゅ…と吸い上げられた。

「あぁ！　…うっ…」

強烈すぎる刺激に、耐えられたのはわずかだった。

筋をなぞるように舌で舐められ、茎の部分が緩急をつけて扱かれる。

押し寄せる快楽に、気を失いそうになる。ねっとりと絡みつく舌に包み込まれ、幾度めかの吸い上げが繰り返された時、朝陽の身体が反り返る。

「で、出ちゃう！　正純、やめてったらぁ…あぁ！」

か細い悲鳴が咽喉奥から洩れた。

がっくりと朝陽の身体から力が抜ける。正純の口の中に放出してしまったショックに、朝陽はとうとう泣きだしてしまう。

「出るって…言ったのに…」

ゴクリ、と白濁を正純が飲み下すのが見え、あまりの羞恥に朝陽は啜り泣きを洩らす。上体を起こすと、ボタンをすべて外されたシャツを掻き合せたまま正純を睨みつける。

上気した頬に、色素の薄い茶色がかった瞳が潤んで正純に向けられる。

桜色の唇は正純が吸ったせいで、いっそう赤く色づいている。肌全体が羞恥のあまりピンク色に染まっている。ひどく、煽情的な姿だった。下肢を無防備に正純の前に晒す朝陽の肢体を、正純は無言のまま見下ろしている。

「香汰がいるのに！　俺にこういうことしたら香汰が悲しむって考えたことはないのかよ?」

シャツを握る指先は、強く力を入れすぎたせいで血の気を失い、紙のように白い。

硬く強張った指先を、正純は口づけで解いていく。

「香汰が…っ…」

香汰の名を出すたびに、正純が不機嫌な様子を募らせていくのに、朝陽は気付かなかった。

「正純！　聞いてるのかよ！」

「香汰、香汰ってうるせぇよ、お前」

「っ！」

正純の地を這うような低い声に、びくんと朝陽の身体が竦んだ。

また、何か正純を、自分は怒らせるようなことをしたのだ。

「お前の口から香汰っていう言葉が出るのは不愉快だ」

(俺が、正純の恋人の名を…呼んだから…?)

ただでさえ正純の容貌は人を威圧するのに充分な迫力がある。それが不機嫌さを滲ませれば、ぞっとするような凄みが走り、朝陽の咽喉元を、恐れが突き上げる。

「…ぁ」

力ない吐息が、喉奥から洩れた。

「気が変わった」

ソファがギシリ、と軋んだ。

「んっ！」

正純がソファの角に追い詰めた朝陽を、強引に自分の身体の下に引き落とす。

「…な、…」

クッションがばらばらと床に落ちた。

朝陽の身体の間に正純が身体を割り込ませ、のしかかると全身で朝陽を押さえつける。

もう、逃げられない。

元より、正純に睨みつけられただけで…身体を開かれてからというもの充分な抵抗をすることができない。

顔を背けようとすれば、大きな手のひらが朝陽の華奢な顎をすくい取り、強引に正純の正面に上向かせる。底光るような眼光の鋭さに睨《ね》めつけられて、朝陽の瞳が不安に揺れる。

「…今日はお前が満足させてくれればいいさ」

肉厚の唇が、残酷な申し出を吐いた。

「どういう…？」

最初、朝陽は何を言われているのか、わからなかった。

「そうしたら香汰をひどく抱かないしな。お前にとってもいいだろう？　俺が香汰をひどくしないのは」

正純の意図に気付いた朝陽の顔が瞬時に強張る。

自分が満足させれば、香汰をひどくは抱かない。

もし、自分が満足させられなければ、この傲慢な男は香汰をも強引に抱く…？

（香汰を、ひどく抱く、の？）

「香汰にひどくしてるの？」

想像すれば、たまらない気持ちになった。

自分が味わった苦痛を、もしかして普段から香汰に味わわせている？

それは、絶対に嫌だった。

切なげに眉を寄せて、不安に瞳を揺らめかせる朝陽を見下ろす正純が、意外そうな顔をする。

「…自分の立場がわかっていて香汰の心配をするのか？」

正純の身体の下で、最後まで抱かれろと告げられてなお、朝陽は香汰の心配を先にする。

朝陽の好きなのは、香汰なのに。

正純は香汰の恋人なのに。

その恋人に、心がついていかないまま無理やり身体を開かれ、震えることしかできなかった朝陽を、再び蹂躙すると正純は宣言しているのに。

呆れた物言いをする正純に、朝陽は必死に食い下がる。

「俺は好きな人は大切にする！　やっぱり香汰はお前なんかに任せられない！」

「じゃあ、どうするんだ？」

朝陽の覚悟を試すように、正純が言う。

「…」

朝陽はぐっと言葉を詰まらせた。

香汰が大切ならば、朝陽が取る選択肢は、一つしかない。

「…香汰には、ひどく、しない…で…」

切なげに眉を寄せた苦しげな表情で、それだけを訴える。

大きな瞳が揺らめく。堪え切れなくて、最後まで告げる前に瞳を伏せた。

透明感のある美人という印象を与える透き通った目を伏せれば、長い睫が目に影を落とす。

うつむいた拍子にサラリ、と髪が頬に零れる。甘い香りが正純の鼻腔をくすぐった。

「俺は香汰には優しくしてるさ」

正純の容赦ない言葉は、朝陽の胸を残酷に抉る。

ズキリ、と胸が痛んだ。ひどい扱いをするのは、…自分にだけだ。

「…そうだったよな…」

「で、どうする？　このまま帰ったら香汰にひどくするかもよ？」

必死の思いで懇願する朝陽に返されるのは、意地悪な言葉ばかりだ。

「っ！　それは…やめて…」

ギョッとして、朝陽は伏せた瞳を見開く。

「だったら…どうすればいい？」

意地の悪い問い掛けが胸を抉る。

大きく息を吸い込むと、朝陽は改めて自分を腕の中に閉じ込めている男を見上げる。

朝陽を、まっすぐに正純が見つめている。

まっすぐに朝陽も、正純を見つめ返した。

言葉もなく、しばらくの間、見つめ合う……。

正純が朝陽の背に、腕を回した。

背を、手のひらが這う。緊張を解くような優しげな手つきが、不思議だった。

ゆっくりと朝陽は唾を飲み込む。

（香汰が…好き。だったら…）

香汰がひどくされるところなど、考えたくもない。好きな人は、大切にしたい。

ならば、答えは、一つだ。

欲望を果たせば、正純は香汰にはひどくはしない。

「さ、いごまで…」

死ぬほどの勇気を振り絞る。

「……し…して」

（…ぅっ…）

言った途端、涙が溢れた。

背中を這う正純の手のひらの動きが止まる。

無様な泣き顔を見られたくなくて、朝陽は自ら正純の首に腕を絡める。そのまま肩口に顔を埋めた。

「…決まりだな」

覚悟を告げるように、きゅ、と首に回した腕に力を込めて、しがみつく。

抑揚のない声が、朝陽の耳朶を震わせる。

ソファに押し倒したまま朝陽の身体を、正純は抱き締めた。強く。

「んっ」

きつい締め付けに朝陽が苦しげに息をつく。正純の首に回した腕から、力が抜けて腕が零れ落ちそうになれば、正純は再び自分の首に腕を回すように促した。

深く正純の身体が重なる。

正面からまるで求め合うように、抱き合う。

なぜか正純はその姿勢が好き…みたいだった。

……朝陽が相手でも。

「そんなに、香汰が好きか?」

耳に正純の唇が触れる。ぞくりと刻み付けられた官能の記憶が蘇る。

「…好き…」

言った途端、荒々しい口づけが落とされた。

獰猛に抱き締められる。

その後どうなったか、朝陽は覚えていない。

最初に言われたとおり、ひどくはされなかったとは思う。

初めての時も、充分に解されてから、抱かれた。

身体は快楽に貶められ苦痛を感じなくても、精神的なつらさが朝陽を追い詰める。

朝陽の感じる所を探り出されて、集中的にそこを責められた。

何度も達した。ぼんやりとして何も考えられなくなった頃、熱い塊が自分を支配したのを感じた。まだ、開かれるその瞬間だけは、苦痛の片鱗がある。

「ぁ、ぃ、ぃた…」

か細い声で、朝陽は鳴いた。

「…力を、抜け…そうだ」

苦痛を訴えると、あやすように何度も髪を撫でられた。

涙を拭う唇が優しくて、…優しくしてほしくて、その唇を求めると、抱き締められた。

腕がひどく優しかったことを思い出す。

その優しさは錯覚でしかないとはわかっていたけれど。

本当に優しい腕は香汰のものなのだ。

そして香汰は自分の腕など求めてはいない。

切なくて、切なくて、朝陽は夢の中でもずっと、泣いていた。

その夢は、悲しいのに、なぜか自分を抱く男の体温は温かいのだ。

一日の最後の授業である移動教室から戻る廊下で、香汰が朝陽を呼び止める。

「今日、俺んち来る予定だったろ？　新しいＤＶＤ買ったんだ。前から見たがってたヤツだぜ。上映会するから。どうせなら泊まりで来いよ」

朝陽はこの週末は前から香汰の家に行く予定だったことを思い出していた。

約束をしたのは、ずいぶん前のことだ。映画好きの香汰とは趣味も合い、本当によくお互いの家を行き来していたのに。

香汰と二人きりなんて…もう今は考えられない。

たった一週間で自分の立場はあまりにも変わってしまったのだ。

香汰はにこにこと朝陽を見上げている。

朝陽は約束を守らなかったことはなかった。だが、今は…。

「その、今日は…」

すまなそうに眉を寄せながら言葉を濁すと、

「えー!?　前から約束してたじゃん。今日は大丈夫だって。だから今日の約束にしたんだろ？」

案の定、非難の声が上がる。

「…正純を誘えばいいだろ?」

その名前を出すと、胸がズキリと痛む。

胸が痛むだけでなく、身体の奥底から、急に擦れた感触が湧き起こった。

(嘘…)

じんわりとした痺れが突き抜ける。

…再び抱かれてから初めての週末。

一週間も経ってはいない。忘れるには短すぎる時間だ。

正純の腕の感触を嫌悪するどころか、甘い疼きが朝陽を支配している。

(嫌だ…こんな自分は)

ひどく自分があさましいものに見えた。寒くはないのに、自分の制服のジャケットを掻き合わせる。ぎゅ、と守るように自分の身体を掻き抱いた。

肌を合わせたのは二回だ。一度抱かれた後、もう二度とそんなことは自分の身には起こらないと信じていたのに。

(どうして…)

香汰のために覚悟を決めたとはいえ、貫かれて、朝陽は…感じた。

（俺って、淫乱だったんだろうか）

正純の腕に感じたことのない感覚を呼び起こされ、拒絶を忘れた。

焦らされて、やっと受け入れた時には、ほっとすらしたのだ。

わけもわからず乱れたような気がする。理性を保っていられたのはわずかな間だった。

追い上げられて、抱き締められて、広い背中にしがみついて、名前を呼んだ。

与えられる口づけに応えると、甘い感情が湧き起こり、身体が蕩けていくような感覚に晒される。

「何またぼーっとしてんだよ。最近変だよ。部活が忙しすぎるんじゃないの？」

「え？　あ、ごめん」

淫らな思考に耽っていた自分を、気付かれてしまいそうで、慌てて朝陽は思い出した映像を振り払う。

「なんの用事ができたんだよ？　俺との約束を破るくらい重要な用事じゃないと許さないよ」

「そ、その」

そう問われれば返事に窮《きゅう》してしまう。

香汰と一緒にいれば、正純に…制裁を加えられるから。

だから、二人きりにはなりたくない。ただそれだけの理由なのだ。もちろん本当のことは、香汰には…言えない。

「何やってんだ?」

「正純！　ひどいんだよ。朝陽ったら前から約束してたのに、今日の約束駄目になったって言うんだ。それも今日言うんだぜ！」

香汰と一緒にいる朝陽に気付いたのだろう、正純が現れる。

「そ、そうなんだ。香汰、新しいＤＶＤ買ったんだって。俺は行けないから、正純が行ってやってよ」

正純に誤解されたくなくて、言い訳めいた口調で朝陽は必死に状況を説明する。

きっと、正純は朝陽に来るな、と言うに決まっている。けれど、正純の答えは朝陽の予想とは違った。

「なんで来れないんだ?　前から約束していたんならそっちの用事をなんとかできないのか?一日かかるものなのか?」

「一日ってわけじゃ…」

本当はなんの用もない。ただ香汰の誘いを断るために口走っただけだ。深く問われると思いもしなかった朝陽は、とっさに具体的な嘘が思いつかない。

「遅くなるなら、そのまま香汰のところに泊まればいいだろ?」

「え？」

「泊まりなら遠慮せずに、用が終わってからゆっくり来ればいい」

「そういうわけには…」

正純の真意を図りかねて、逡巡《しゅんじゅん》したまま朝陽は俯く。

「俺も香汰の家に行くから。お前も遠慮せずに来ればいい。わかったな？」

最後は有無を言わせぬ口調だった。

（そうか。どうりで…。俺を監視するっていうより、自分が香汰の家に行く口実ができたっていうことか）

「それでいいだろう？」

香汰に見せるのとは違う笑顔が朝陽に向けられる。

……目が、笑っていない。

「そうだよ！　絶対来いよ！　最近そうでなくても朝陽、忙しいだなんだって、全然俺と遊んでくれないじゃん。久しぶりにゆっくり会えるって思って楽しみにしてたのにさ」

香汰と会えない間、自分が正純に何をされていたのか、香汰は知らない。香汰のために、どれほど朝陽が苦しい想いをしたのかも。

香汰の無邪気な笑顔が、今だけは朝陽の胸に突き刺さるような痛みを与える。

「うん…」

それ以上断り続けることもできず、朝陽が頷くと、香汰は心底嬉しそうに朝陽に抱きつく。

「こ、香汰!」

「いーじゃん。へへっ。相変わらず細いよなー。朝陽って抱き心地いーんだもん」

「や、やめろって」

(正純が、怒る…)

香汰は自分の気持ちを素直に表す性質だ。嬉しければ喜びを全身で表現する。朝陽にじゃれつくのも、朝陽を親友として好きだという気持ちの表れであり、それ以上の意味はない。朝陽も…香汰に対する気持ちは、正純のような欲望を伴ったものとは違う。でも、何度説明しても、正純は納得してはくれない。

(きっと、それほどに香汰が好き……)

クールな外見に似合わず、案外中身は嫉妬深い男なのだということを、朝陽は初めて知った。女子生徒からの告白を何度も断る様には、人に執着するようなそぶりは微塵も見られない。実際、整いすぎて遊び慣れた印象を与える容貌のくせに、成績は上位を占めており、下位を這うような香汰の勉強をよくみてやっている。

面倒見がよく、人当たりも悪くはないのだ。だからこそ、何人も同級生をふっていても人望もある。

朝陽が香汰を好きになる前は、正純の態度も今ほど朝陽を逆撫でするものではなく、正純という人間を、朝陽はきちんと認めていた。

ちゃんと、友達になりたかった。

朝陽が香汰を好きになってから…ほかの同級生には、獰猛な本性など見せないのに、自分にばかりつらく当たることを、寂しい、と思ったりもした。それが…。

(何もかも嘘だったんだろうか…)

確かに、同じクラスになって最初は、自分を見つめる双眸の光の強さに胸がざわめき、落ち着かない気持ちにさせられることはあった。それでも、同級生と同じく自分も、正純に憧れを抱いていた。恐れつつ慕っていた…のかもしれない。

朝陽が、バスケ部の部長を引き受けようか悩んでいた時のことを思い出す。香汰の家で、気まぐれだったのかもしれないが、正純は励ましてくれたこともあったのだ。

(だから…決心したんだ)

梅雨空の下、傘を忘れ昇降口で佇《たたず》んでいた朝陽に傘を差し出してくれたことも。遠慮すれば朝陽を濡らさぬように傘の中に引き寄せた。

気まぐれでも見せた優しさのすべてが、嘘だとは思いたくはなかった。

何より、香汰の恋人が、ひどい男だとは思いたくはない。

「いつまで抱きついてるんだ」

ネコの首を掴むような荒っぽい仕種で、朝陽に抱きつく香汰を、正純が引き剥がす。香汰から奪った朝陽を、今度は正純が胸元に引き寄せる。朝陽の腕を掴む正純の腕に、力がこもる。

「だって抱き心地よくってさ。それに綺麗じゃん、朝陽ってば」

「何言ってるんだよ」

嬉しくない形容に、朝陽は口を尖らせる。

「ほんと。綺麗なやつって、ほかのパーツも綺麗なんだよな。髪の毛なんかさらさらだし。そこらのアイドルより絶対朝陽のほうが綺麗だよ」

「馬鹿ばっかり言ってるなよ」

正純に掴まれた右腕に、ぐっと力が込められた。

(また怒らせた?)

不安にかられ瞳を揺らすと、形のいい茶色の目が、潤んだような艶を作る。正純の様子を窺えば、正純は朝陽を見つめていた。逸らすこともできず、正純の眼に射竦められる。

初めて会った時から、朝陽を落ち着かなくさせる眼だ。

「絶対に来いよ。来なければ迎えに行く」

肯定の返事をしなければ掴まれた腕の力は緩みそうにない。

(行かなかったら、どんな目に遭わされるかわからない…)

こっくりと頷く朝陽を見下ろすと、正純はやっと掴んでいた腕を外す。

「そうだよ！　ドタキャンなんてひどいよ。今日絶対に来いよ。待ってるからな。…でもほんと大事な用事だったら我慢するけど…。平気なの？」

香汰は、朝陽の嘘を疑ってもいない。信頼に満ちた表情は、朝陽の胸を刺した。

「大丈夫だよ、ごめんね。ほんと。絶対行くから」

そう返事をすると、香汰はほっと溜息をつく。

「俺のわがままで大事な用事を断らせちゃったら悪いな、とは思ったんだぜ。これでも」

にっこりと香汰は微笑んだ。わがままを言っているようで、決してそれがわがままにならないのは、相手の都合を思いやる心があるからだ。今日のことも、このところ元気のない朝陽を元気づけようとしていたのかもしれない。朝陽はそんな香汰の人を思いやる心が好きだった。

香汰を大切にしたいと、ずっと思っていた。でも、今の朝陽は、香汰を苦しめる存在でしかない。…香汰の恋人に、抱かれているのだから。香汰を『裏切っている』という事実が重く、朝陽にのしかかっている。

一緒の方向へ帰る二人を教室で見送ると、朝陽は部室へと足を向けた。

朝陽の家から香汰の家へは自転車のほうが便利だ。

直線距離でいうと近いくせに電車だと路線が違うため、乗り換えが必要になってしまい、結構な時間がかかってしまう。それが面倒くさくて、朝陽は香汰の家に行く時は自転車を利用していた。

（この前正純が俺を送ってくれた時、あいつ電車で帰ったのかな…）

自転車で十五分という道のりは、歩けばたいそうな距離がある。おまけに新興住宅地である朝陽の周囲は似たような家が多く、最寄駅までの道のりはかなりわかりにくい。

朝陽を送ってくれた男が、送り狼に変身した日のことを思い出し、朝陽は身を震わせた。

身体の奥底には…いまだ消えない甘い芯がある。

自分を包み込む体臭、苛む腕が貫く瞬間だけ強く抱き締めたこと、…ふと気付くと、最近の朝陽はいつも正純のことばかり、考えている。

ぼんやりとペダルをこぐうちに、香汰の家へと辿り着く。私服に着替えた後、わざとゆっくり来たのに、時刻はまだ九時を指していた。以前の朝陽なら二時間は早く来ていただろう。…一刻も早く香汰に会いたくて。

正純が中にいるのかと思うと、インターホンを鳴らすのを躊躇してしまう。

明かりのついた部屋を見上げようとした拍子に、だしぬけに玄関のドアが開いた。

「香汰⁉」

「まったく何してんだよ。自転車のブレーキの音が聞こえたから来たんだと思ったのに、なかなか入ってこないし」

咎める口調が向けられる。だがそれほど気にするふうもなく、香汰は朝陽の腕を掴むと、家の中へと引きずり込んだ。

「とにかく入れよ」

「おじゃまします」

挨拶をしながら靴を脱ぐが、いつもの明るい香汰の母親の返答はない。

「あれ？　おばさんは？　うちの母からお土産《みやげ》預かってきたんだけど」

香汰の家に遊びに行く、と言うとお菓子作りが趣味の朝陽の母は、山盛りのシュークリームと、チーズケーキを朝陽に持たせたのだ。手に提げた包みを見て、香汰は声を弾ませる。

「すっごいたくさん！　朝陽のおばさんって料理上手だよな。言ってなかったっけ？　今日うちの両親、温泉旅行に出かけてるんだ。姉もそれについてっちゃったから、今日はこの家俺だけ」

「え？　そうだったんだ？」

「そ。だから羽伸ばそうぜ。お前が来てくれなかったら、俺一人だったんだぜ」

朝陽が来たことを心から喜ぶような弾んだ足取りで、香汰が朝陽の前を歩く。

リビングに通されると、ふわふわのクッションの横に朝陽を座るように促した。柔らかい感触を胸元で抱き締めながら、気持ちよさそうに目を細める朝陽を、香汰は満足そうに見つめる。

香汰は朝陽の隣に座ろうとはせずに、リビングの隅に置かれたローボードへと足を向ける。

「今正純も呼ぶから」

「来てなかったの？」

「うん。朝陽が来たら電話しろって言ってた」

てっきり二人きりでいると思ったのに。

（俺が来てから監視するつもりなのかな……）

朝陽と香汰を、二人きりにしないために。香汰に会えて嬉しいという気持ちに影が差す。

（わかってはいたけど…）

香汰に会う、ということはこういうことなのだ。

結局朝陽は、正純と香汰の…恋人同士である二人にとっての邪魔者なのだ。

正純は、香汰の恋人。

正純は恋人にはきっと、優しくする……。

朝陽では、もう香汰の傍にはいられないから。せめて、香汰の笑顔だけは、守りたい。

受話器を取り上げようとする香汰を遮《さえぎ》り、朝陽は背後から告げる。

「ね、正純ってお前に優しい？」

「何言い出すんだよ、突然。変なこ…」

リビングの隅で受話器を持ったまま、香汰がソファの朝陽を振り返る。

変なことを言うなよと告げようとした言葉は、咽喉元で止まる。真剣な表情を見せる朝陽に、香汰は茶化すような真似はしなかった。

「優しいけど」

「…ならいいんだ」

切なげに瞳を歪ませるのに、安堵したように息をつく朝陽の、相反する感情の混じった表情に、香汰は不審そうに尋ねる。

「なんでそんなこと急に訊くんだよ？　あいつ朝陽に優しくないの？」

「え？　そ、そんなことないよ」

「中身はいいやつだよ、外見は一見怖そうにも見えるけど。だから俺、仲いいんじゃん？　さては喧嘩《けんか》でもしたのか？」

「違うけど」

（優しい正純なんて、俺は知らない）

自分を抱く腕の強さ、最奥を暴き立てる灼熱は、傲慢な動きでいつも朝陽を苛んだ。優しくないのはきっと、朝陽にだけ。それほどまでに深く…嫌われている。

「喧嘩したなら俺、仲裁に入るよ？」

「違うって！」

素直な心配を見せる香汰の探るような問いかけが、少しだけ鬱陶しい。

正純が自分にしたことを香汰に告げたら、香汰はどんな表情を見せるだろうか。

（…あ）

香汰を傷つけるような思い付きをした自分を、朝陽は恥じる。

何も知らない香汰は、自分の恋人に抱かれた人間を目の前にしても、明るい笑顔を向ける。今の香汰の笑顔は、朝陽には眩しすぎる。でも、この笑顔を作り出しているのは紛れもない、正純なのだ。

あの男の傲慢な本性を香汰が知ったら。

（それはないだろうな…）

きっと最後まで正純は、香汰の前では優しい恋人でい続けるだろう。

「そういえばさ…」

はきはきした物言いをする香汰が、珍しく言い淀む気配を見せる。

「あれ？　電話は？」

電話をかけるものだとばかり思っていた香汰が、戻ってきて朝陽の隣に腰掛ける。

「朝陽、最近やっぱり変じゃない？」

ドキン、と心臓が跳ね上がった。

「変って？」

「なんか雰囲気が変わった気がする」

綾河にもそう言われたことを思い出す。

（そんなに俺、変わったように見えるんだろうか…）

朝陽にとっては歓迎したくないことだ。自分がどんなふうに変わったのか、想像もつかない。

……男を知った後に。

「変って言えば正純も変なんだよ」

「正純が？」

ギョッとして朝陽は香汰の顔を覗き込む。

「基本的には優しいんだけど時々俺に対してイライラしてるみたいなんだ」

（っ…！）

「それはないよ！　正純は香汰、お前といるのが一番楽しいって言ってたよ」

悲しそうな顔をする香汰に、誤解させてしまうような行動をしている正純が憎らしくなった。

「そう？」

「そうだよ！　お前のこと一番大事にしてるよ。知ってるだろ？」

必死になって朝陽は言った。嫉妬のあまり、嫌いな朝陽を抱くことができるほどなのだ。それで香汰を大切にしていない、などとは言わせない。

「大切…ねえ」

朝陽の答えに香汰は納得していないようだ。

（香汰に誤解させちゃ、元も子もないじゃないか）

朝陽は唇を噛んだ。

（香汰を不安にさせるなよ…）

不安にさせている一因は自分にもあるのかもしれないという思考に突き当たり、朝陽は呆然とした。

（どうしよう…）

突然、香汰が言った。

「…誰か、好きな人いる？」

「は？」

「だから朝陽、お前好きな人、いる？」

スパッと切り込まれて朝陽はうろたえた。

「す、好きな人なんて…」

それは、香汰だよ。

そうは言えない。それに、今となっては自分が本当に香汰を恋愛対象として好きだったのか、わからないのだ。

欲を抱いて抱き締めたい。…そんな感情では…なかった。

香汰のことは、親友として好きだ。そのことだけは、わかっているけれど。

「そんなこと聞くなよ」

話題を避けるように、朝陽がソファの上で香汰から身体をずらそうとした時だった。

小柄な身体のどこにそんな力があるのだろうというほどの力で、朝陽はソファに引き戻される。

「ちゃんと答えてよ」

香汰の真剣な瞳が朝陽をとらえた。

(まさか…俺と正純のこと、知ってる？)

「朝陽…」

珍しく問い詰めるような表情で、香汰が朝陽の名前を呼ぶ。その時室内に響いたインターホンに朝陽は救われた。

「正純だな。朝陽が来たの、気付いてたみたいだ」

朝陽の肩に食い込んでいた指が外れる。踵《きびす》を返して香汰が玄関へと向かう。

香汰が背を向けたことに朝陽はほっとする。まだ朝陽の心臓はドキドキと波打っていた。

香汰の言葉が突き刺さったまま、抜けない。

（好きな人がいる？　って真剣に聞いていた…）

何より、目が本気だった。

（俺と正純の関係がバレた…？）

それだけは、どうか。

祈るような気持ちで朝陽は天を仰いだ。


ＤＶＤをセットして、部屋の照明を落とす。

「ね、朝陽、ちょっとそっち詰めて」

「うん」

ソファの端にスペースを空けるために身体をずらすと、香汰が朝陽の横に腰を下ろす。

(よかった。いつもの香汰だ)

先ほどの真剣な様子は微塵も感じられず、朝陽は安堵した。

正純はソファに背をもたれ、香汰の足元に座り込んでいる。立て膝をして腕を乗せている姿は、意図せずモデルがポーズを取っているように絵になる。もてあますように長い脚を投げ出して、正純がリモコンを手に取った。

前髪を掻き上げる正純の指の間から、正純が朝陽を見た。

ドキリ、と朝陽の胸が高鳴る。正純に目を奪われていた自分を、見透かされてしまったようで、朝陽は慌てて目を逸らした。正純の格好よさは、嫌というほど間近で何度も見せ付けられてきた。リラックスしている仕草すら決まっていて、惹きつけられる。無理やり身体を引き裂かれたというのに、見惚れてしまうほど。涼しい顔をして画面を見つめる正純の様子からは、朝陽と二人きりの時に見せる激しさは想像もできない。

(嘘つき…)

朝陽はそっと眼を伏せた。

「朝陽、いい匂いがする」

ふいに隣に座っていた香汰がソファの上に身を乗り出すと、息を吸い込みながら朝陽の首筋に顔を寄せた。

「香汰⁉」

驚いて身体を引くがソファの角が朝陽の退路を塞ぐ。

「お風呂入ってきたの？」

「部活の練習で汗かいたから。香汰、ちょっと、ね？」

じゃれつく香汰に焦って正純の様子を窺う。いきなりボリュームが上がった。

「わ！　なんだよ。びっくりするじゃん！」

香汰が抗議すると、正純は持っていたリモコンでボリュームを下げる。口を尖らせる香汰を、正純は無視する。始まった映画に顔を向けたままだ。

正純の不機嫌な様子を、映画の邪魔をしたせいだと思ったのか、しぶしぶといった感じで香汰は朝陽から離れた。

朝陽はホッと息をつく。

映画はそれなりに面白いもので、しだいに没頭していった。

香汰がシャワーを使っている。同じフロアにある浴室からは、水が床を打つ音が洩れ聞こえる。

正純と朝陽が二人きり取り残されて、先ほどとはうって変わって沈黙がリビングを包む。

できるだけ正純から距離を置こうと、身体は勝手にソファの隅に逃げを打つ。絨毯に直に座っている正純から、ほんのわずかな距離だったけれども。

ふいに、正純が立ち上がる。

ドキリ、と朝陽の胸が鳴る。

沈黙を破るように、正純が口を開いた。

「朝陽、今日は俺が香汰とこの家に泊まるから、お前は俺の家に泊まれよ」

「あ…」

正純の意図に気付いた朝陽の顔が朱に染まる。

ぽっと頬を赤らめ、初心な反応を見せる朝陽を、正純がじっと見下ろしている。

つまりは、そういうことなのだ。

香汰と正純の…そんなシーンは見たくはない。

耳を塞いでいても、声が洩れ聞こえてきた日には、朝陽はきっと立ち直れない。

二人の関係を頭では理解していても、リアルに事実を見せつけられるのとでは、ショックの度合いが違う。

「来い」

さっさと正純は朝陽のカバンを手に取った。

「…うん…」

正純に促され、朝陽は立ち上がる。

広い背に、黙ったままついていく。

相変わらず、大きな佇まいを見せる家からは、一筋の光も洩れていない。

「シャワーはいつでも使えるようにしてあるから。冷蔵庫のものは好きに取っていい」

玄関から上がると、人の気配のない広い家を案内される。朝陽が今日眠る場所として正純に使うように指定された部屋は、やはり、正純の私室だった。

それはつまり…。

室内に踏み込む一歩が、躊躇するように止まる。

朝陽の身が竦んだ。初めて…抱かれた場所。蹂躙された記憶がまだ残っている。

「俺たちが二人ともいないと香汰が心配するから。明日の朝迎えに来る。じゃあな」

正純はあっさりとそう言うと、朝陽の横をすり抜け、部屋を出ていってしまう。

たった一人広い家に残され、先ほどまで響いていた明るい香汰の笑い声を思い出せば、あまりにも違いすぎて、余計に静けさを感じる。

のろのろと持参したパジャマをカバンから出すと、主のいない他人の家のシャワーを使うべく、朝陽は階下に下りていった。


深夜、カチャリ…と正純の部屋のドアノブが回される音がした。

「ん…」

よほどリビングで寝てやろうとも思ったが、布団を階下に下ろすのも大変で、結局正純のベッドを使うしかないと覚悟を決めたのだ。

正純の匂いの残るベッドに入ってすぐに眠れるわけがない。それでも、部の練習で疲れていた朝陽が、ようやく眠りに入ろうとしていた時だった。

毛足の長い絨毯を踏みしめる音がする。明らかに足音を消そうとしている歩き方だ。

正純ならば自分の部屋に入るのにコソコソする必要はない。正純は明日の朝迎えに来ると言ったのだ。

(誰…?)

緊張のあまり身体が強張る。

(泥棒…?)

「んー!」

叫び声を上げようとした朝陽の唇が、大きな手のひらによって、塞がれた。

(なっ…!)

侵入者はベッドの上に乗り上げると、ぴったりと朝陽の背に身体を押し付けてきた。逞しい身体つきは男のもので、それは背後から朝陽を拘束しようとする。

(はな、せ…っ!)

男の意図が見えなくて、恐ろしい。やみくもに暴れると、シーツに身体が押し付けられ、抵抗を封じ込められる。

背後からの力は思ったよりも強く、相手の顔を見るために振り返ることすらできない。

男が凶器を持っていたらただではすまされないだろう。

最悪の場合を想像して身体を震わせれば、ふ、っと自分を縛めていた腕が外れた。

朝陽がこの時とばかりに身を起こそうとすると、耳元で囁く声がした。

「俺だよ」

(正純…‼)

暗闇に慣れた瞳で背後を見上げると、よく知った男がからかうような顔をして見下ろしていた。

正純の悪戯に怒るより先に、ほっとして全身の力が抜ける。

「泥棒かと…思った…」

「悪戯が過ぎたな。まさかそんなに驚くとは思わなかったんだ」

朝陽の緊張を解くように抱き締められ、背中を撫でられ、あやされる。

その仕草が優しくて、つい朝陽は正純に抱きついた。

正純は朝陽が落ち着くまでそうしているつもりらしかった。

人肌の体温は温かくて、心地よい。

「そっち詰めろよ」

朝陽の返事を待たず、正純がベッドに侵入する。正純の寝着の襟元を、朝陽はきゅ、と握り締めた。そんな朝陽に、正純はひどく優しい抱擁をする。

(驚かして悪い、と思ってるんだろうか)

朝陽は黙ってその腕を甘受していた。ふいに腕が離れそうになって、朝陽は慌てて正純の袖口を掴んでしまう。離れないでというように掴んだ腕に、正純は溜息をついた。

「脅かしすぎたな。このままこの家に一人で置いといたら、眠れないだろうな、お前」

まだ、胸は速く脈打っている。物音に敏感になった今の状態では、おちおち眠ることなどできないかもしれない。

「今日はこっちで寝ることにしてやるよ」

正純の唇が朝陽の前髪に落とされた。髪に口づける仕種はどことなく優しげで、戸惑う。

余計なお節介だ、と言いかけた言葉を呑み込む。

「香汰は？　どうするんだよ」

「俺がお前をこの家に追いやったから、怒って連れ戻してこいって言ってる」

（それで、呼びに来たんだ…）

この正純を顎でこき使うことができるのは香汰だけだろう。そして、それを甘受しているほど、正純は香汰が好きなのだ。

香汰が不安に思うことなど、何もない。

また、…なぜか胸が痛んだ。

「香汰、お前の様子が最近変だって、心配してた」

朝陽は言った。

「心配掛けちゃ駄目だよ。俺なんかに構ってないで早く香汰のところに戻りなよ」

正純の胸をトン、と突く。

「香汰のことはいい」

「よくないよ」

ベッドの端に逃げようとした朝陽を、再び力強い腕が捕まえた。

「…逃げるな」

追ってくる唇に、口づけられる。

「ん、ん！」

深い、口づけだった。

逃げる舌を追いかけられ、何度も角度を変えては責められる。口角から零れ落ちる蜜を吸い上げられ、淫らな快楽を引き出すように舌は蠢いた。

「ん…っ、ん…ぅ…」

食い尽くされるような激しい…キス。息苦しさに、朝陽の目の前が真っ赤に染まる。

舌が絡み、食い尽くすような獰猛さで、正純は朝陽を追い上げていく。口腔を犯され、朝陽の背筋を妖しい感覚が駆け上っていく……。

朝陽の肌が火照り、重なる正純の肌に熱を伝える。正純の触れた部分から、朝陽の脈打つ鼓動が伝わる。

重なり合う部分が、火傷《やけど》しそうだった。もぞ…っと揺らめきだす腰が、たまらない羞恥を呼び起こす。薄い布越しでは、感じ始めた下肢の変化を、正純に知られてしまう。

「…ぁ…」

ちゅく——淫らな音を立てて、唇が離れていく。ざらりと正純が朝陽の舌を舐め上げた。ゾクリ…と官能が刺激される。

上がった息、薄い胸が浅く上下する。潤みだした可憐な瞳は、男を誘う艶に満ちている。腕の中で淫らな変化を遂げた存在を、逃がすまいとするかのように正純は閉じ込める。

夜目に慣れてきた視界の中で、朝陽の胸の肉粒が、赤く光っているのが見えた。

「ぁ…」

口腔を蹂躙されている間に、正純がパジャマの前を開いたことを知る。激しい口づけに耐えるだけの朝陽は、ボタンを外されていることに気付かなかったのだ。

「あっ!!」

ペロリ、と正純が舌先で朝陽の尖りを舐め上げた。きゅ、と歯を軽く立てられれば、たまらない愉悦が込み上げた。羞恥と与えられる快楽に、全身が小刻みに震える。

「あぁ…あ、んぅ…っ、いや…」

「いや…じゃねぇだろ？　ここも…勃ってるぜ。いやらしい身体だな」

「っ…！」

潤んだ瞳で正純を睨みつける。けれど胸の上で正純が尖りを舐め上げ、正純の言葉どおり肉粒がぬめぬめと光りぷくん…と尖っているのが視界に入る。

（いや…！）

自分の身体の恥ずかしい反応を間近に見てしまい、朝陽は顎を限界まで仰け反らせる。

抗議は失敗し、くしゃりと朝陽は顔を歪ませた。

可愛らしい反応をする朝陽を見下ろす正純の欲望が、大きくなった。

「だ、め…そんな…っ、ま、正純…香汰が、心配する…っ」

唇で片方の突起を愛撫されながら、もう一つの突起を指で弄られる。きゅっきゅっと摘み上げられては捏ね回され、潰されれば、下肢の付け根が疼く。押し寄せる官能の波が、止まらない。

嬌声の交じる声で訴えながら、胸元に顔を埋める正純の顔を引き剥がすように髪に指先を絡めた。硬い髪質の黒い髪が、胸元に零れ落ちて肌に触れるたび、朝陽の肌がびくびくと震える。

敏感になりすぎた肌はどんな刺激にも、反応してしまう。

甘咬みされ、舌先で尖りを突き回されれば、胸元から全身に熱が広がっていく。ジンジンと疼く胸は硬く尖り、快楽に理性が埋もれてしまいそうだった。

「もう…ぁ…香汰を裏切りたくない…ね、お願いだから…放して……」

理性を手放す前に、朝陽は必死で訴える。

「ダメだね」

懇願はあっさりと却下された。

「正純…！」

これから…香汰を抱く…邪魔だから隣の家に行け…そんなふうに追い払ったくせに。その腕でどうして自分を…。

困惑しきった瞳で見上げれば、正純は閉ざされた朝陽の脚の付け根に指を滑らせた。膝を閉じようとする朝陽のささやかな抵抗をものともせず、下肢を押し広げようとする。

「あ！　…ぁ」

腰がいやらしげに揺れた。顎を仰け反らせながら、甘い喘ぎ声が零れ落ちる。

「…やめていいのか？　自分で処理できるのか？　…ホラ」

胸元から顔を上げると、正純は朝陽の耳元に唇を寄せた。

下肢に響くような低い…美声に甘咬みされながら囁かれれば、正純の手の中で分身がびくんと跳ねた。

正純の思惑どおりに勃ち上がってしまった自分の反応が恥ずかしくて、朝陽は泣きそうになる。

「や、ぁ…っ」

（嫌なのに。なのに…っ）

もっと、弄ってほしい。そう思い始めている。

身体も…頭も淫らな欲望でいっぱいになっていく……。

揺らめきだす腰の動きも、止まらない。

「おとなしくしてればすぐ済むさ」

意地の悪い囁きが、朝陽の耳朶《みみたぶ》に落とされる。

「いやらしい身体だな……」

（う……）

力では敵わないくせに、いつも最後まで抵抗をやめようとはしない朝陽に、焦れたように正純は言う。

抵抗すればするほどひどく苛まれることを、朝陽の身体は覚えている。

「ん…っ」

朝陽は覚悟を決めて正純の首にしがみついた。甘い痺れに、朝陽は溺れていた。

どうせ、力では敵わないのだ。

「早く、…終わらせて…」

ぎゅっと朝陽は瞳を閉じる。

震えながらしがみつく朝陽の身体を抱き留めながら、満足げに正純は溜息を洩らす。

正純が朝陽をしっかりと抱き締めようとした時だった。

突然、薄暗い部屋に光が差し込んだ。

「な、なに？」

ぎょっとして瞳を開ける。光は窓の外から洩れてきていた。

「…庭を挟んで隣は香汰の部屋だ。どうやら俺が帰ってこないのを怪しんでるらしいな」

(隣がすぐ、香汰の部屋…？)

カラリ、と窓が開く音がする。

「正純！　帰ってこい！」

苛立たしげな様子で、香汰が呼ぶ。

朝陽が身じろいで身体を声のする方に向けた時だった。

下肢の付け根を強弱をつけて扱いていた正純の指が、秘められた部分へと滑り落ちたのだ。

「あっ！」

まさか隣に香汰がいる状況で正純が行為を再開するとも思えず、予測もしなかった行動に唇を噛み締めるのが遅れた。慌てて広い肩を押し返そうと突っぱねていた腕で、自らの唇を覆う。

しん…と静寂が訪れた。

（香汰に…聞かれた？）

淫らがましい嬌声を。

身体が竦んだ。正純の腕の中で朝陽は身を竦めながら息を潜める。

きっと、正純は身体を離してくれる。解放してくれる。

そう期待するのに。

（うそ……）

朝陽は目を見開いた。

指の腹が後孔を解すように撫で回したのだ。

固く閉ざされた蕾を、巧みな動きで丹念に指が開いていく。つぷん…と一本目の指が侵入を果たした。粘膜に与えられる快楽を暴き立てるように、指は朝陽の弱い部分を擦り上げた。

正純は、とっくに朝陽の弱い部分を探り当てている。

「っ…やめ…て…香汰に気付かれる、…」

声が洩れてしまう。

淫らな声を香汰に聞かれてしまったら、きっと自分は立ち直れない。それに、大切な香汰に…

正純と淫らな行為に耽っていることを、知られてはならない。絶対に。香汰は、傷つく。

小さな声で必死に訴えるが、正純からの返答はない。

その間も、指先は小刻みに蠢き、粘膜に甘い刺激を与え続けている。

初めて正純に開かれてからというもの、朝陽の秘められた部分は、内壁への刺激で感じるようになってしまっている。もっと太いもので擦られても…。

ジワリ、と熱が身体を這い上がる。きゅ、と朝陽はきつく正純の指を締め付けた。

「うっ、ん…っ」

正純が行為をやめるつもりがないことを、朝陽は感じ取る。

しっかりと朝陽は両手で自分の唇を塞ぐ。正純の身体を押し返すことは、できない。

抵抗できない朝陽の身体を、正純は思うままに開いていく。指が増やされ、牡を埋め込む準備を施されていく。

「…ん…」

耐え切れない吐息が、手のひらの間から洩れた。

（まさか…）

香汰が隣にいる状況で最後までするわけがないと、思ったのに。

脚を広げられ、間に正純の身体を挟み込まされた。無防備な部分を正純の目前に晒す。

クチュクチュ、といやらしい音が朝陽の耳に聞こえる。性器として…朝陽の入り口が男を呑み込む準備を施されている音だ。

（あ…あ…）

喘ぎ声は熱い吐息になって、指の間から零れていく。

中を掻き回され、感じる部分を探り当てられる。繊細で柔らかな媚肉を、荒々しい動きで指先が刺激する。抜き差しを繰り返されればズキリと射精感が込み上げる。

強烈な疼きが、たまらない。

もっと太いもので擦られる快楽を、身体が待ち望んでいる。とろとろと先走りの蜜が溢れ、白い太腿に筋を作る。

「やめて…ぉ…お願い…」

「…感じてるくせに」

（意地悪……）

容赦のない一言に泣きそうになる。

今日の正純はずっと、朝陽を苛むように抱く。

（隣に、香汰がいるから…？）

「好きなヤツの…抱きたいはずの相手の隣で抱かれるって、どうだ？」

（っ…！）

正純の意図を知る。香汰が好きなのに…香汰の前で、抱かれるのだ。香汰の恋人に。

胸が引き裂かれそうに、痛んだ。

窓のすぐ外には、香汰がいる。

ずぶりと卑猥な音を立て、正純の凶器が捻じ込まれた。

指とは違う太さと圧迫感に、息が詰まりそうになる。洩れそうになる声を、朝陽は必死で塞ぐ。

「んん――っ!!」

「ん、ん…」

深く、正純の腰が沈みこむ。待ち望んだ逞しいものが、秘部に突き立てられる。

自分とは違いすぎる大きなものが、最奥まで届く。

激しい快感が身体の奥から込み上げて、朝陽は背を限界までしならせた。

すべてを体内に埋め込むと、正純は容赦なく腰を揺すり上げる。感じやすい内壁を、切っ先が抉るたびに強い疼きが込み上げ、下肢が痺れた。

白い太腿に、正純の指が食い込む。大きく開かせた両脚を抱え上げたまま、正純は強く腰を打ちつけた。

ぐちゅっ…ぐちゅっと剛直が朝陽を犯す。

朝陽は両手で唇を塞いだまま、むご過ぎる蹂躙を震えながら受け入れる。

肉のぶつかり合う音、入り口を何度も出入りする反り返った剛直、犯されながら朝陽の腕から力が抜けていく。耐え難い快楽に身悶えながら、朝陽は喘いだ。

「香汰に、聞かれる…！　声、出ちゃうから…！」

ほんの数メートルの距離、あさましく男を呑み込み、粘膜を擦り上げる欲望のぬめった音は防ぎようがない。

「出せばいい」

残酷な返事に朝陽は言葉を失う。

好きな人の前で、別の男に抱かれていることを、その人に知られてしまう。香汰を好きな朝陽にとって、これ以上残酷なことはない。

しかも、香汰の恋人に。大切な人を二重に苦しめる、原因が自分。なのに。

朝陽の身体は快楽を感じている。

正純の腰の動きは止まらない。

律動が繰り返されるたびに、全身が蕩けそうなほどの愉悦を朝陽は感じている。

剛直が引き抜かれるたびに、朝陽の内壁は無意識に引き抜かないでというように、強く締め付けてしまっていた。

朝陽の反応に、正純がほくそえむ気配が伝わる。正純が腰の動きを速めた。

「あぁ…っ」

とうとう、堪え切れなかった声が、指の間から零れた。

激しすぎるスピードで、暴かれた最奥を強く抉られる。強烈な快感が全身を支配し、もう朝陽は弱々しく啜り泣くことしかできない。

「そんなに力を入れるな。俺が動けないだろう？」

浅ましく締め付けていた自分を、正純が意地悪く揶揄する。

自分の身体のいやらしげな動きを認めたくなくて、朝陽はいやいやをするように頭を振り続ける。

「受け入れろ。お前は俺に、…抱かれてるんだよ」

容赦なく正純は朝陽を責め抜く。

正純に、抱かれている。認めたくなくても、自分は。

抵抗を諦めれば、正純は朝陽の華奢な身体に思うまま、欲望を刻み付けていく。

男に貫かれ、気が遠くなるほどの激しさで剛直を出し入れされ、朝陽の身体は快感に喘いでいる。たまに粘膜になじませるように腰を回されると、角度が変わった切っ先にもまた感じてしまう。

「だめ…ソコ、やだっ…」

朝陽が告げると、今度はそこばかり重点的に責められる。朝陽の理性はとっくに悲鳴を上げていた。

「あん…あ…」

息苦しさに洩らす喘ぎが、指の間から…止まらない。

「イイ声だ」

正純の欲望が朝陽の中で膨れ上がるのを感じる。前を弄られてはいないのに、後ろだけを犯されて、朝陽の分身も張り詰めていく。

男なのに、受け入れる部分ではない場所に同じ男のものを捻じ込まれて、前を弄るよりも深い快感が沸き起こる……。

「い、いや…も、いや…ぁ…っ」

堕ちていく——。

犯された部分からひっきりなしに洩れる卑猥な音も、自ら快楽を貪るように動きだす自分の腰も…男に抱かれて感じる淫らさに、初心な朝陽の思考は限界を訴える。

男を埋め込まされ快楽に頬を上気させた、艶めかしい朝陽の表情は、正純だけが知るものだ。男を知らなかった初心な肢体、心はまだ追いついてはいないのに、身体だけが強制的に快楽に追い上げられる。

ずぶりと中心に男の欲望が突き刺さった朝陽の身体を、正純は舐めるような目つきで見下ろした。ゆっくりと全身に視線を這わせていく。

男につけられた痕が…全身にぬめぬめと光っている。

たまらなく淫らな光景だった。

快楽を自ら味わうことも知らず、必死で手のひらで唇を覆いながら涙を流す朝陽の目尻に、正純は口づける。

「…ん…」

優しげな仕種に驚いた朝陽が、ゆるゆると瞳を開ける。

正純は朝陽から手のひらを剥ぐと、自らの首に回した。すぐに朝陽はすがりつくように正純にしがみつく。

深く繋がったまま、しばらくの間強く正純は朝陽を抱き締める……。

「ゆっくりと俺に合わせて…そうだ」

正純に教えられ、朝陽は自ら腰を揺らめかせて快楽を貪った。そのほうが負担が軽くなることも知った。

みっともなく両脚を大きく広げ、男を受け入れている自分の姿がとてつもなく恥ずかしい。みっともないこの姿が正純の眼にはどう映っているのだろうか。腰を振りだす浅ましい自分を、呆れられてしまうと思うのに、正純は朝陽に何度も口づける。

「どうして…？」

正純が自分に口づける必要など、ないのに。

静かに朝陽は呟いていた。

涙で濡れそぼった睫に、大きな滴が弾けた。

正純が動きを止めた。

肌は桜色を通り越し、紅く上気している。香汰をしてサラサラと言わしめた髪は柔らかく、正純の指に馴染んだ。

沈黙の後、正純が呟いた。

「まだ、香汰が好きか？」

正純の顔も行為のせいか、上気していた。

いつもは冴えたクールな表情しか見せないくせに、今は熱い眼で朝陽を見つめている。

眼差しに、焼け尽くされそうだった。

「親友として好き、だよ。…そうわかったんだ。正純が考えてるようなことは絶対にない。本当だ、よ？　信じてくれる…？」

朝陽は両手を伸ばすと、頭上の正純の頬を両手で包んだ。

嘘じゃない。わかってほしい。

ふいに、正純の目が柔らかく和んだような気がした。

(え…?)

正純を受け入れる朝陽を見下ろす正純の優しげな表情に、朝陽の心臓が強く脈打つ。

朝陽の緊張を解くように、正純が口づける。朝陽の髪に、骨太の指が差し込まれる。

柔らかい感触を楽しむかのように、優しげな仕種で正純が梳《す》く。

「…つらかったら言えよ」

「え…? 今、なんて…?」

初めての、正純の自分の身体を思いやる…言葉。

「お前が俺を気遣うなんて、変、だよ…?」

ずっと、ずっと。苛む以外に抱かれたことは、なかったから。

自分の立場を思い知らされて、いつも泣きそうな気持ちになった。

驚いた表情で見上げると、正純は少し困ったような顔をしていた。

「目、閉じて…」

言われるまま静かに目を閉じると、熱い唇が下りてくる。

猛ったものが再び出入りを繰り返す。

解された粘膜が絡みつき、身体の奥に点けられた火が再燃する。

「あ!! あぁ!」

朝陽の快感を高めるような抱き方だった。

自分の欲望だけを押し付けるようなやり方ではなく、朝陽の快楽を暴きたてようとする。

「正純ぃ…」

名前を呼ぶと抱き締められるのは、いつものとおりだ。腕に絡まっていたパジャマを剥ぎ取られ、正純も乱れきった上着を脱ぐと全裸になった。

ぴったりと肌を重ね合わせ…抱き合う。

香汰が自分たちを呼ぶ声が遠くで聞こえたような気がしたけれど、もう、耳には入らない。

「朝陽…」

正純が自分を呼ぶ声だけがすべてだ。

「正純…!」

そして、自分が正純を呼ぶ声だけが。

朝陽がしっかりと正純にしがみつくと、ぎゅっと音がするほどに強く抱き締められる。

正純に抱き締められれば、切なさが満たされるような安心感が沸き起こる。

どこまでが自分の身体かわからなくなるような熱い行為に、朝陽は翻弄されていった。

昼休み、昼食に香汰は朝陽を誘った。正純は用があるとかで、香汰が朝陽を誘うのを見ていても、咎めようとはしなかった。

屋上で香汰と二人きり、風に吹かれながらの食事を終えた後、教室に戻ろうとした朝陽に気付いた後輩の女子たちが、色めきたったようにざわめく。名前を口走りながら手を振るような真似をされ、朝陽は恥ずかしそうにはにかみながら、軽く会釈を返す。初々しい仕種にまた、彼女たちの間にどよめきが走る。

もともと綺麗な容姿をしてはいたが、最近ますます朝陽が綺麗になった、という。

前からバスケ部の部長という目立つことをやっているのだから、他校にもファンは多かったが、それに気付き始めた輩が多くなってきた。

教室に戻るほんの五分ほどの距離に、幾度も女子の声援に囲まれる朝陽に、香汰は呆れたように嘆息する。

「前から人気はあったけどな。やっぱり最近…」

「何？」

言葉を濁す香汰に、朝陽は首を傾げながら先を促そうと顔を覗き込む。

もともと綺麗な顔立ちをしていたが、綺麗過ぎる美貌は隙がなく、朝陽の第一印象はどことなく近付きがたい雰囲気を与えてしまう。それが最近は、しっかりものの堅い印象はなりを潜め、守ってやりたいような危うさがある。気安く声を掛ける人間が増えたのは、朝陽をまとっていたガードが外れた気配を、周囲の人間は敏感に感じ取ったからだろうか。

「いや、親しみやすい雰囲気が加わったような気がするってこと。今までは結構お前って人見知りする性格だったから周りも遠慮してたけど、お前のよさに皆が気付き始めたのかなって」

話してみるとすごくいい奴だし、そう言いながら、香汰は朝陽を誇らしげに見上げてくる。

一度懐に入れた人間には、朝陽は思いっきり甘い。バスケ部の連中も、そんな朝陽だから、部長に選んだのだろう。

「試合近いんだろ？　応援に行こうか？」

「いいよ。今度のは公式戦じゃないし。でもそう言ってくれるのは嬉しいよ」

朝陽は香汰に向けて、にっこりと微笑んだ。すると、香汰はどぎまぎしたように表情を赤らめた。

「やっぱお前さ、その…笑顔にもどことなく…愛らしさが加わったような気がするっていうか。俺より背も高くてしっかりしてるのに、今のお前ってなんか可愛いぜ。お前の笑顔なんて見慣れてる俺でも、一瞬ドキッとさせられる」

「なに…」

意外な香汰の言葉に、朝陽の胸もどぎまぎさせられる。

「あの、南野君、ちょっと話があるんだけど」

一人の女生徒が朝陽に声を掛けた。自分の可愛らしさに自信を持っている、そんなタイプだ。長い髪に気の強そうなつり眼気味の目、眉を綺麗に整えた派手めの彼女からは、化粧と香水の匂いがした。彼女はチラリ、と香汰に邪魔だと言いたげな視線を投げつける。

購買の売店がある校舎の屋上から自分たちの教室に戻る途中、二人は校舎の裏に差しかかる。人けの途切れた一瞬をついて、彼女は朝陽に声をかけたのだろう。

「俺、先に戻ってる」

「あ、香汰…!」

香汰は遠慮するように、朝陽と彼女を置いて、二人に背を向ける。

困った表情の朝陽が助けを求めれば、振り返りざま頑張れよ、と声に出さずに唇を形作ると、軽く肩を竦めてみせた。

誰もいない校舎の裏手の芝の上で、女生徒が必死になって朝陽に食い下がる。

「どうして？　だって付き合ってる人いないって言ったじゃない。だったら私と付き合ってみてよ」

柔らかい身体をわざと擦りつけて、朝陽に媚びた表情を見せる。甘い香水の香りが朝陽の鼻をくすぐる。

「ごめんね。付き合ってる人はいないけど。…好きな人がいるんだ」

「っ！」

朝陽のはっきりとした拒絶に女生徒は絶句すると、肩を震わせながら拳を握り締める。今度こそ朝陽に背を向けると、彼女は駆け足でその場を去った。

「はぁ…」

朝陽は声を出して嘆息する。自分が人を傷つけるのは、つらい。朝陽には告白されて嬉しい、という感情はない。自分が失恋した時のことを考えてしまう。どうしても、邪険に扱うことなどできない。

何より、片想いのつらさを、朝陽もよく知っている。

（こんなこと、正純はいつもやってるのかな）

すぐに思いついたのは、正純のことだ。最近の朝陽は、気付くと正純のことを考えている。

(告白…されても正純が付き合わないのは…)

自分が彼女に伝えたとおり、『他に好きな人がいる』からだ。

正純が香汰を好き、そう思うとなぜか胸が痛んだ。香汰が自分ではない、正純を好きだと思うよりも。

痛くて、そっと胸元のシャツを握り込んだ。


用件が長引いた正純が、おざなりの昼食を終えると、先に教室に戻ってきた香汰と入り口でかち合う。

「香汰、お前どこ行ってた?」

「べつにー。正純には関係ないよー」

「朝陽と一緒じゃなかったのか?」

「朝陽は、今大事な時間を過ごしてるみたいだから邪魔すんなよ」

「大切な時間？」

香汰がわざと含んだ物言いをするのに、正純は眉を顰めた。

「いい男は不機嫌な表情を見せても、かっこいいよなー」

はぐらかすようにして、すぐに正純の質問に答えようとはしない香汰に、正純は焦れる。

「馬鹿なことを言ってないで、何が大切なのか言えよ」

軽い嫉妬を面ざしに交えながら、香汰が不満げに唇を尖らせる。

「最近のお前ってば朝陽のこと、構い過ぎ。こないだだって、もともと朝陽は俺の家に来てくれたのに」

先日せっかく泊まりに来てくれた朝陽を、正純が自分の家に連れていって、朝まで帰さなかったことを、香汰はまだ怒っているのだ。

「迎えにいって朝陽があまりにもぐっすり眠ってるから起こせなかったって。それにつられて自分も眠っちゃったって。せっかくの泊まりの意味ないじゃん。合宿みたいで楽しみにしてたのに」

香汰はすっかり拗ねてしまっている。

「本当に眠ってたの？　朝陽の声がかすかに聞こえてたけど。俺を仲間はずれにして何を話してたんだよ？」

その問いには答えず、正純は語調を強めた。

「大事な時間って？」

「あ？　ああ。ふっふっふっ、女の子からの告白ターイム！　だよ。受けちゃったらお付き合いが始まっちゃうかもね。結構可愛い子だったし」

「…どこだ？」

「え…？」

正純の表情が素になる。二十センチの身長差で見下ろされる迫力に、香汰は茶化すのをやめる。

「何だよ、怖い顔して。すぐそこの理科準備室の裏手の庭だよ。って、正純！　おい！　午後の授業始まるぞ！」

踵を返して朝陽の方へと足を向ける正純に、香汰は制止の声を掛ける。一度も振り返らずに、正純は早足で朝陽の元へと向かう。

背後で香汰の呆れたような溜息が聞こえた。


ブレザーの胸元を握り締め、裏庭に一人残された朝陽は、芝を踏みしめる音が近づくのに気づく。

(正純は…告白された時、どうしてるのかな…)

「朝陽」

自分を呼ぶ意外な声に驚いて振り返る。

「あ…」

今、まさに思い描いていた人物の登場に、朝陽はうろたえる。朝陽の動揺を見抜き、自分の登場が歓迎されてはいないと感じ取り、正純は片頬を上げてみせる。

「マズいトコ見られたって顔、してるな」

「別に…」

朝陽はさりげなく視線を逸らすと、正純の横をすり抜けようとする。けれど。

「あっ…!」

背中から伸びた腕に引き戻され、抱き竦められる。

耳元に熱い吐息がかかる。ぞくり、と甘い感覚が朝陽の背を駆け抜けた。

「どうしたんだよ!」

朝陽は焦って叫んだ。

裏庭で抱き合う場面を教師や生徒に見られたら、事だ。それに、誤解…では済まされない関係なのは事実だ。

「告白、断ったんだろ?」

「お前に報告する義務はないだろ!」

腰に回った緩まない腕を、引き剥がそうと朝陽は力を込める。

「放せよっ…誰かに見られたらどうするんだよ!」

正純だって、見られればまずいはずだ。

「もう午後の授業は始まっている。授業中にこんな裏庭なんかに来ないさ」

「正純!」

精一杯もがき続ける朝陽を、揶揄《やゆ》するように正純は言った。

「今さら女抱けるのか? こんな細い腰して」

カッと朝陽の頭に血が上った。

「関係ないだろ!」

「香水の匂いがするな。…キスの一つでもしてやったのか?」

「何言ってるんだよ! 断ってるよ。とっくにそんなの!」

背後から朝陽の腰を、拘束するように抱き締める腕は外れない。朝陽の身体を抱き込んだまま、正純は裏庭から歩きだす。

「どこ行くんだよ？」

返答は、ない。

裏庭のある校舎は、調理実習室や理科実験室などが並ぶ実習棟だ。日常的に使用される場所ではないそこには、行事にのみ取り出す必要のある備品を仕舞う倉庫室がある。

薄暗い倉庫室に連れ込まれれば、埃を被ったパイプ椅子が積み上げてあるのが見えた。

鍵ががちゃりと音を立てた。

不安に揺らぐ瞳は、正純の口づけによって閉ざされる。正純の舌がざらり、と朝陽の口腔を舐め上げた。

「ん…」

嫌ではなかった。

口づけの合間に向けられる正純の眼は、焼き尽くしそうな熱っぽさで自分だけを映している。

「朝陽」

正純が朝陽の名を呼ぶ。腕の中に抱きながら。逞しい身体がのしかかり、朝陽は身体のバランスを崩す。

「わ…」

背後に倒れそうになり、床に身体を打ちつける衝撃に息を詰めるが、それはなかった。正純の腕が朝陽を支えていたせいだ。床の上に朝陽を横たえながら、正純の手のひらが、朝陽の滑らかな肌の上を滑りだす。

「…女じゃこういうことはしてくれないな」

かっと朝陽の頬に血が上る。

「ああいうこと、よくあるのか?」

「よくある、って?」

それが告白のことだと気付いて朝陽は慌てて記憶を巡らせる。

「そんなに、ない、よ…。受けたことも、ない、し…」

口づけが肌の上に落とされる。上がりだす息の下、そう伝えた。いつもより緩やかに、正純の指が朝陽の肌に触れる。

(学校だし、まさか…ね…)

触れられた部分が、痺れたように…疼く。朝陽は指を受け入れながら、朝陽は正純の意図を掴みかねている。

「正純こそ、女の子、いっぱいふってる、って、聞いた…」

正純は香汰を好きだから。

「女に告白されて、付き合おうとかいう気は起こすなよ」

（どうして…？）

「なんで…？　お前にそんなこと指図されなきゃいけないんだよ」

香汰に邪な気持ちを抱かないように牽制されただけではなく、なぜそこまで指示されなければならないのか。

「お前なんか、女にいいように弄《もてあそ》ばれるのがオチだ」

「そんなの、付き合ってみなきゃわからないだろ」

朝陽の口調が強くなる。二人の間に走った気まずい雰囲気を、先に破ったのは正純だった。

「まあ、いい」

「え…？」

やすやすと床の上から朝陽の身体をすくい上げると、正純は自身の身体をまたぐように逆さまに朝陽の身体を乗せる。股間を正純の顔前に晒す形になって、朝陽は身を捩った。朝陽の目の前には、正純の膨らみがある。

「何してんだよ！　学校だぞ！　ここは！」

正純の指が朝陽の快感をいざなうように、蠢く。朝陽は焦った。

「ここは行事がない限り滅多に使わないだろ。…誰も入ってはこない」

やっと、正純の意図を知る。正純の身体の上から逃れようと身を捩るが、下肢を掴まれていては叶わない。

「暴れると外に気配が洩れるぞ」

自分の目の前にも、正純の熱い付け根がある。

「この姿勢、やだ…！」

羞恥のあまり泣き声が混ざる朝陽に、正純は容赦ない。

正純の手が、朝陽のズボンに掛かる。ベルトを外され、制服は下着ごと、下肢から剥ぎ取られた。

「あぅ…！」

正純の唇が朝陽の分身を含んだ。舐めるように転がされれば、強烈な疼きが込み上げた。ねっとりと絡みつく舌が、快楽を与えるように敏感な皮膚を刺激する。すぐに分身は熱を持ち始め、熱く疼いた。

正純の与える刺激から逃れようと顔を背けると、頬には正純の勃ち上がったものが当たる。

「やっ…」

触れた剛直の熱さに朝陽はビクリ、と身体を起こした。逃れようと背を逸らしても、無理な姿勢は続かない。床についた指先を、与えられる快楽から逃れるように握り締める。

「あん…」

「このままの姿勢じゃお前もつらいだろ？　俺を早く達かせられればその分早く終わるさ」

「正純…やだ…」

涙の溜まった瞳で、精一杯背後に首を反らせて正純に懇願する。だが、正純の蹂躙はやまない。

「あ…あぁっ」

「ほら、どうする…？」

（っ…ぅ……）

先走りの蜜を吸い上げられ、朝陽は屈した。

言われるまま正純のファスナーを下ろし、熱を持った分身を取り出していく。逞しく、立派なものに朝陽は眼を瞠《みは》る。抱かれている最中は、無我夢中でまじまじと見たことはない。天を仰ぎ、今にも射精しそうに脈打っている。朝陽は怯えた。

（こんなに大きなものが…）

自分の中に入るのだ。でも、与えられる感覚は痛みだけではない…。

朝陽の滑らかな太腿を、音を立てて正純が吸い上げる。

「…んっ」

催促をされているのだとわかって、おずおずと朝陽は剛直に手を伸ばした。根元を両手で支えると、先端を口に含む。

「ん…っ」

僅かに先端を含むのが精一杯いだ。

「んん…んっ…」

それでも一生懸命、正純が自分を追い上げる舌遣いを真似て、正純の男根に奉仕した。拙い舌遣いに、口の中で正純の熱根が一段と大きくなるのがわかる。息苦しくて一瞬だけ舌を外すと、唾液が糸を引いて零れた。

「あ…」

ぬらぬらと自分の唾液が絡みつき、それは光っていた。

口に、含んだのだ、という証拠を知らしめているようだった。

(俺がこれを…)

「もう、で、できない…」

啜り上げながらもう一度だけ、正純を見上げた。

だが、容赦なく正純は朝陽の熱の根元を扱きだす。蕾に正純の尖らせた舌が当てられた。

「あ…っ…や、やぁっ…」

朝陽は羞恥に泣いた。

舌で執拗にほぐされる。同時に朝陽の中央は強弱をつけて扱かれている。

強すぎる刺激に朝陽の華奢な背中が限界まで反り返るけれど、下半身をしっかりと押さえつけられては、逃げることもできない。

正純を達かせることができなければ、いつまでたってもこの苦しみから逃れることはできないのだ。

仕方なく、涙の浮かぶ顔のまま、朝陽はもう一度正純の熱棒に手を伸ばした。

ただ先端を口に含むだけでなく、正純がするように舌で舐め上げ、両手は茎の部分を掴み、上下に擦り上げる。それは大きくて、朝陽の口の中で暴れては、何度も朝陽の口腔を打った。

「んぅ…んっ…ふ…」

必死で太い幹を扱きながら舌を遣うが、大きすぎる剛直は朝陽の口から零れ落ちそうになる。

なんとか全体を銜えなおすと、正純がするように、チロチロと先端を舌で愛撫する。

拙い朝陽の口の愛撫ではなかなか正純の絶頂は来ない。朝陽は懸命に絡ませた指を蠢かせた。

上下に何度も扱くうちにだんだんとそれは硬度を増していく。

くちゅくちゅという音が自分の銜えた部分から洩れる。

朝陽の目の前が真っ赤になった。

大きく成長した逞しいものが喉奥を打つ感触が息苦しくて、朝陽は咳き込んだ。

「うっ…えっ…」

苦しげに息をつく朝陽に、正純が諦めたように朝陽の身体を起こした。

「けほっ…うっ…」

胡座《あぐら》をかいた正純の上に両足を開き、またぐように腰掛けさせられる。正純の自分を見つめる眼に耐えられなくて、朝陽は正純の胸元に顔を埋めた。

「も、やだ…」

それだけをやっと言うと、朝陽は嗚咽を洩らし始める。

乱されたシャツを掴み、はだけられた胸を掻き寄せながら、泣き顔を見せまいと正純の胸元に顔を押し付ける。

正純は朝陽の腰を緩やかに抱き、朝陽の息が整うまで待つつもりらしかった。

下肢を覆う布はなく、乱れたシャツだけをまとった淫らな姿が、正純の腕の中にある。

「えっ…」

しゃくりあげていると、頭上で大きな溜息が聞こえた。

胸にしがみついたままの朝陽をそっと抱きかかえると、もう片方の指で正純は朝陽の濡れた唇をなぞる。

口角を指先で撫で、滴る蜜をすくい取る。唇の柔らかい感触を十分に指先で楽しんだ後、正純は朝陽の華奢な顎に手をかけた。そのまま上向かせると、唇を重ねた。

「ん…」

逃げようとすれば、捕らえられ、逃げる舌を搦め捕られる。

「ふっ…んんん…」

ちゅ、と正純が朝陽の唇を吸う音が響いた。

朝陽の甘すぎる蜜を、正純は味わう……。

口づけからやっと解放されても、身体に力は入らない。

ぐったりともたれかかる朝陽の両膝の下に正純の手が掛けられ、そのまま大きく広げられた。

大事な部分をすべて晒すこのポーズに、朝陽は羞恥のあまり顔を背けた。

二人の身体の狭間には、勃ち上がった二人の分身がある。圧倒的な質量を誇る正純のものは、先ほどまで朝陽の口の中で暴れていたものだ。

自分を襲う凶器を、自分で大きくしたのだ……。

天に向かってそそり立つ脈動に、朝陽は息を呑む。

朝陽の双丘に正純の手がかかった。身体を引きずり上げられ、朝陽の下肢はそのまま、正純の上に落とされた。

「ああっ！　あっ！　あ…」

体重のせいで朝陽の秘部は、なんなく正純の熱棒を呑み込んでいく。ぐちゅぐちゅと卑猥な音を立てながら。

「正純ぃ…正純…」

崩れ落ちる身体を、いつものように強く抱き締めるのは、他の誰でもない、正純の腕だ。

自分が自分でなくなってしまうような、深い快楽に落ちていくのが怖い。でも、どういうわけか朝陽はほっとしていた。

正純が抱き締めてくれるから…怖くはない……。そんな気がした。

根元まで深く、正純の剛直が突き刺さっている。

「ふっ…う…っ」

息をつく間もなく、腰が強く叩き付けられる。

下肢をガクガクと揺すぶられ、正純の腹の間で擦り上げられた朝陽の分身も、勃ち上がり始めている。分身に正純は指を絡めた。

「あ…ん…」

後ろに正純を受け入れながら愛撫されれば、たまらない愉悦が込み上げた。

これ以上ないくらい広く入り口は拡がっている。限界まで拡げられ、熱根が朝陽を犯すのだ。

朝陽は教えられたとおりに、ゆるゆると力を抜いた。

より深く、正純が侵入する……。

「いいか?」

「ん…い、い…」

信じられないことを口走っていることも、気にならない。熱い行為に夢中になる。

内部を、抉るように掻き回された。朝陽の内壁は正純の肉棒を銜え込み、快感を貪っている。

「…もっ…ダメ…」

「まだ、だ」

「そんな…っ…」

抗議が混ざり、朝陽は無意識の内に正純の肩口に歯を立てる。

「つっ…」

「え…?」

正純の顔が苦痛に歪むのを見て、朝陽は慌てた。

「ごめん…痛かった…?」

赤く痕の残った部分を指の腹でなぞると、朝陽は唇を寄せていく。

「馬鹿だな…。なんでお前が謝るんだ」

癒すように触れた朝陽の顔を肩口から引き剥がすと、正純は朝陽に口づけた。

優しい口づけだった。

(…好きな人にするみたいだ)

朝陽はそう思った。

熱くなった身体が急速に冷めていく。

何度も、何度も与えられた正純の口づけに、すべて…なんの感情もこもってはいないことが。

たまらなく…寂しい。

自分に浮かぶ不可思議な感情に、朝陽は初めて…戸惑う。

(どうして……?)

熱く、抱かれても、心が寂しくてたまらない。寂しくてたまらないから。

抱き…締めてほしい。

壊れるほど、強く。でも、そう願っては…いけない。

正純の腕が自分のものではないことが——。

止まらない涙を、正純の唇が優しげにすくい取る。

胸が、高鳴る。壊れそうなほど脈打っている。

きっと、香汰のことは、優しく抱く。…こんな…ふうに。

香汰とお似合いのカップルだと思って羨ましかった。

同性から憧れの眼差しで見られるに値するすべてを持っている正純。

自分も正純を憧れていたうちの一人だ。

香汰を好きになってしまったから、正純に冷たくされて、悲しいとも思った。

気まぐれに自分に与えられるちょっとした優しさに、何より喜んでいた自分を朝陽は思う。

「どうした…?」

動きを止めた朝陽に気付き、正純が朝陽の背を抱いた。

「つらいか?」

朝陽を気遣うのは、どうしてだろう…?

抱かれて流すのとは違う涙が頬を伝った。

(今だけ…)

香汰、ごめん。

心の中でそう呟きながら、朝陽は正純の口づけに応えた。

不可解な想いに苦しめられながら、それでも、朝陽は正純に口づけてほしいと…。

わからない。でも、正純の腕が、欲しい。

何も考えられない。ただ、肌が、身体が正純を求めている。

香汰と、正純の間で、心が引き裂かれてしまいそうだった。

——壊れるほどに、抱き締めて。

香汰よりも、ずっと、ずっと強く。

そんな想いがこめられていることを、知られないように。

「…つらくないから。早く…」

そうねだった。

朝陽の身体の中で、正純がまた一段と大きくなった。

ぐちゅぐちゅという内臓の出す湿った音と、肌のぶつかる音が埃っぽい空間を満たしていく。

「あっ！　あっ！　あっ…あぁっ！」

正純が動くのに合わせて朝陽の切ない喘ぎ声が上がる。

「もう、だ、め…！　正純っ…っ」

「もう少し、我慢できるか…？」

強く打ち付けるばかりの腰が、ぐいっと回される。

じれったい動きに朝陽は泣いた。

「あ、ひど…っ」

「わかった」

限界を訴える朝陽に、正純はしっかりと朝陽の腰を抱くと、今度こそ焦らさずに朝陽を追い上げていく。

繋がった部分からは蕩けそうな快感がもたらされるのだ。

(今だけ…抱き締めていて…)

決して言葉に出せない想いを心にのせて、朝陽は正純の背中に回した腕に力をこめる。

正純の激しい腰の動きに声を上げながら、朝陽は意識を飛ばしていった。


「あれ？　正純は？」

「あいつ、今日用事があるとかで行けないってさ。いーじゃん二人で行こうよ」

香汰に手を取られて、朝陽は歩きだす。

(あいつ…)

朝陽は正純に言われたことを思い出していた。

『今度の土曜、三人で出かけることになってたな。いいことが待ってるぞ』

そう、言ったのだ。それはつまり。

(香汰と二人っきりにさせてくれるってことだったんだろうな)

朝陽は隣で跳ねるぐらい、元気な親友を見つめた。

学校の倉庫室で無理をさせられた朝陽は、結局午後の授業に出ることができなかったのだ。おまけに、自分を貫く凶器を、自分の口で大きくすることを強要された。

そのことに対する、正純なりの…謝罪なのだろう。

朝陽は表情を曇らせた。

眉を顰めた朝陽を見咎めて香汰が頬を膨らませる。

「何だよ、俺と一緒じゃつまんない？」

「そんなわけない！」

朝陽はさっぱりと言う。香汰に、心配をかけたくはない。

（今は、香汰との時間を大切にしよう）

そう、思った。

こうして、久しぶりに二人きりで一緒にいる時間を過ごすことができるのだから。

正純のことを吹っ切るように頭を振ると、朝陽は香汰と並んで歩きだした。

香汰はニコニコしながらショーウインドーの品物を見ている。

少し先を歩く香汰を、朝陽は見守るような眼差しを投げかけながらついていく。

スラリとしたジーンズに、白いブルゾンが映える。

(やっぱり、可愛いよ)

朝陽が香汰を見つめる瞳に欲はない。冷静に、客観的に自分の親友をそう判断する。明るくて、素直で、香汰という人間は人を惹き付ける……。

(こんなに可愛い奴が自分の恋人なのに、どうして俺なんかを…)

ふと気付くと正純のことを思い出している自分を知り、朝陽ははっとなる。

(考えないようにしなきゃ)

目の前に浮かんだ男らしい顔を打ち消すように、朝陽は一度、強く目を閉じる。

朝陽がほんの一瞬の思考に陥っている間に、いつの間にか、朝陽のすぐ隣に戻ってきた香汰の丸い大きな眼が、じっと様子を窺うように、朝陽を見上げていた。

「何?」

物言いたげな香汰の様子に、朝陽は問いかける。

今日の朝陽の服装も、全体的に淡い色でまとめられていた。羽織られた上着は細身のシルエットで、朝陽のスタイルのよさを引き出している。

「朝陽ってさー。男のお前にこんなこと言うのもなんだけど、綺麗だよね」

「は？」

いきなり何を言いだすのだろうか。朝陽は思わず絶句する。

「前も言ったけど。最近特に綺麗っていうか」

「ば、バカ言うなよっ。そんなことあるわけない」

頬を桜色に染めて、焦ったそぶりを見せる朝陽を見て、香汰は笑った。

「そーゆー反応もすっげー可愛いし」

香汰はうろたえる朝陽の反応を面白がるように、わざと朝陽をからかっているようだ。

手間がかかり、面倒をみてあげなければならないタイプの香汰と、しっかりものの朝陽とでは、普段の力関係では、香汰は朝陽に頭が上がらない。その朝陽をやりこめるのは、香汰にとっては滅多にないことで、それも楽しいらしい。

朝陽は逆襲に転じることにした。

「可愛いってのは香汰みたいなことを言うんだよ」

「まぁ、よくそう言われるけど。俺のって外見からミーハーなやつらがそう言ってるだけだしね。朝陽は中身もほんとに可愛いもん」

実際は周囲が作り上げた外見のイメージそのままほど、可愛らしく素直なわけではない香汰は、実は朝陽のほうこそ純粋だと思っている。

きっぱりと断言されて、朝陽は耳まで赤くする。

「そんなこと言われても嬉しくないよ」

朝陽が香汰の視線にいたたまれなくなって身を捩ると、シャツの中で細い腰が泳いだ。

香汰はまじまじと朝陽の形のいい瞳を覗き込む。

滑らかな肌理の細かい肌、薄茶の髪と同じく色素の薄い双眸は、きらきらと昼の日の光を反射しとても綺麗だ。からかわれて赤く染まった頬が、艶めかしい。

「自覚ないの？」

「自覚も何も。俺は綺麗でもなんでもないし」

朝陽は口を尖らせる。

そんな仕草も可愛らしい、と香汰は言った。

「ごめんごめん。そんな怒んないでよ」

「本当に可愛いのは香汰だと、思うよ」

これは本心からそう言った。真剣に告げる朝陽に、今度は香汰がうろたえる。

「なんか変な会話してるね。俺たち」

香汰がそう言うと、朝陽も噴き出す。

二人を笑い声が包んだ。

それからはいつもの二人になって、一日を過ごしたのだった。


夕刻、朝陽が香汰の家に寄って、買った品物を二人で並べているところに、正純は姿を現した。

「どうだった？　デート」

香汰が席を外した隙に、正純は訊く。部屋の奥、床に直に座り込んだ朝陽と、ドアの傍に腰掛けた正純の間には、微妙な距離がある。

「デートって…そんなんじゃないよ」

その単語が妙に気恥ずかしく、朝陽の耳に飛び込む。

今までは一緒に出かけることはあったものの、ただの親友としての外出であって、デートにはなり得ない。でも、正純は、朝陽が香汰を好きだということを知っている。好きな人と出かければ、それは単なる外出以上の意味を持つ。朝陽は滑らかな頬を染めた。

「…可愛い反応するのな。お前」

香汰と同じ台詞を、正純も言う。

いつも苛む言葉ばかり投げつける正純に、可愛い…なんて単語を吐かれるとは思わなかったのか、ボッ、と一気に朝陽の顔が朱に染まる。

「その様子だと、香汰に別に変なコト仕掛けたわけじゃなさそうだ」

「変なこと、なんて…」

実際に変なこと、を正純に仕掛けられた身としては、その行為を思い出したのか、朝陽はうろたえたように身じろぐ。細い腰がシャツの中で泳ぎ、正純の眼が釘付けになる。床に座ったまま膝をつき、正純はずいっと朝陽に身体を近づける。一番奥の穴で留めても、ベルトが余る華奢な腰に、正純は腕を伸ばす。

触れればビクリ、と朝陽は身を竦める。だが、すぐに香汰が戻ってくる状況に、正純が何かしでかすとは思えないと判断したのか、朝陽は黙って正純がなすがままに、触れる腕を振り解こうとはしなかった。腰をすくい取ると、胸元へと朝陽の身体を抱き込む。

片手で掴むことができそうなほど華奢な腰つき。そんな細い部分に自分を受け入れたのだ…。

「お前……」

「正純？」

珍しく言い淀む正純に、朝陽は首を傾げる。今ここでは何もしないだろうと、信じてはいても、正純の腕に朝陽は戸惑っているようだ。

「もうすぐ香汰が戻ってくる、よ?」

困った様子の朝陽の瞳と眼が合う。形のいい茶色の瞳が、正純を映している。

「…気が変わった。明日は俺とデートしてもらおうか」

朝陽の瞳が驚きに見開かれた。

「え…?」

断りの返事は聞かないとばかりに、正純は朝陽の唇を塞ぐ。

しっとりと柔らかな唇に、触れるだけのキスを落とし、朝陽の瞳を無理やりに閉じさせた。


(デートって…)

ただの買い物じゃないか、と朝陽は思う。

男二人連れ立っていても、デートになるわけがない。二人の間には恋愛めいた感情などないのだから。寄った場所も普通にバッシュを見たりとか、およそデートとはほど遠い。

こんなただの買い物に、しかも自分を連れ出して何が楽しいのかと、隣の背の高い男を朝陽はそっと窺う。

(やっぱり…)

呆れるくらい格好いい。

スラリとした長身に、センスよくまとめられた濃い目の服装が似合っている。ストイックな雰囲気の黒のシャツが、正純の広い肩幅を強調して、男らしい魅力に溢れている。

目立つ外見に隣を歩いている朝陽まで、ぶしつけな視線に晒されているのを感じる。

意志の強そうな引き結ばれた肉厚の唇が、昨日、約束を取り付けるために、朝陽の唇を奪っていった。掠め取るような…キス。正純の唇を見るたびに、朝陽の唇に触れた感触を思い出し、ずっと意識してしまう。

朝陽が店から出ようとした時、ガラの悪い雰囲気の男の肩が当たった。

「つっ…」

朝陽の声を、正純は聞き逃さなかった。

男が朝陽に難癖をつけるように腕をすくい取ろうとする前に、正純が二人の間に割り込む。汚い手で触れるなとでも言うように、正純は朝陽の身体を守るように抱き寄せた。

正純の一睨みで男は腕を下ろすと、店には入らず逃げるように二人に背を向ける。

「ごめ…ぼーっとしてて」

「いや、いい」

正純の腕が離れる。

「ありがと」

「気をつけろよ」

「うん」

朝陽は素直に頷いた。


「俺の顔に何かついてる？」

「別に」

「そっか」

朝陽は少しだけ安心したように前を向いた。朝陽がこんなことを正純に聞くのには理由がある。男に絡まれそうになってからというもの、ずっと正純は朝陽から目を離さないようにしているからだ。

正純の視線に朝陽は居心地が悪そうだ。おまけに正純は朝陽を守るようにエスコートして隣を歩いている。そのことも、朝陽を変な気持ちにさせているらしい。

朝陽は元来しっかりしている性格だ。バスケ部の部長として部全体を引っ張らなければならない役目をきっちりとこなしている。人望と、それだけの信頼がなければ、ただバスケが上手いという理由だけで部長には選ばれないだろう。

危なっかしい香汰とはまるで違う。

香汰は小さい頃から体格差だけではなく、正純があれこれと世話を焼かなければならない性格をしていた。今でも試験の前は正純が勉強を教えてやっている。

それに対して、朝陽は一人でなんでもできるのだ。決して正純が守ることを必要とはしていない。

でも、朝陽を引き寄せた時、その身体はひどく、軽かった。ちょっと力を入れただけで、正純の胸に飛び込んできた。

人に甘えることをしない朝陽に、自分相手には甘えてほしいと思う思考にぶちあたり、正純は片手で顔を覆った。

(かなり、キてるな、俺も)

覆った手の間から朝陽を見つめる。溜息をついた正純を朝陽は心配そうに見ていた。

いつも朝陽は、自分のことよりも他人のことを気に掛ける。それが強引に身体を奪った相手であってもだ。

（お人好しすぎるんだよ。お前は）

そこにつけ込んで、香汰への気持ちまで踏みにじったというのに。

朝陽が香汰に惹かれていると気付いたのはいつだっただろう。

じっと見られているのに気付き、朝陽は話題を見つけようと思案しているらしい。

「正純、今日香汰はどうしてる？」

正純にとって最適な話題だろうと朝陽が口を開く。

「香汰？　あぁ、あいつは昨日風呂上りに居眠りして、風邪ひいて寝込んでる」

「え⁉」

「元来丈夫なヤツだからな。どうせ月曜日には元気に登校するだろう」

そう安心させようと言ったものの、朝陽の顔が心配そうに曇る。

「香汰の様子見に行ってみる？」

「ただの風邪だぞ？　見舞いが必要なほどじゃない様子だったが」

しかも、同情するに値しないアホくさい理由だ。

（今時子どもじゃあるまいし）

冷静な表情を崩さないままの正純に朝陽は意外そうな顔をする。

「何言ってるんだよ。聞いたからにはほっとけないよ。今の時期の風邪はひどくなるし長引くって聞いたよ。それに正純がお見舞いに行ったら、きっと香汰喜ぶよ。早く治るように、好きなものでも買っていってあげようか」

朝陽が正純の腕を引っ張る。だがすぐにそれは離れ、朝陽は正純に背を向けて歩きだす。細い指先が離れていくのを見れば、たまらない気持ちになった。行為の最中、何度も正純にしがみつくくせに、今、それは正純に触れることを許してはいない。

「待てよ」

正純は朝陽の腕を掴んで引き戻す。

「何？」

朝陽は正純の行動の意図がわからず、きょとん、と首を傾げて正純を見上げる。滑らかなラインを描く咽喉元、顎から鎖骨にかけてのラインが露わになった。艶めかしい肌、綺麗な表情から繰り出される可愛らしい仕種に正純の目が釘付けになる。

「いや、いい」

正純が掴んだ腕を離すと、朝陽はあからさまにほっとした表情を浮かべた。

朝陽の視線が逸らされる。朝陽の目に自分を映し出したい。自分だけを見つめさせて……。

突き上げる衝動を、正純は慌てて呑み込む。離れていく華奢な背に寂寥が浮かぶ。

そんな正純の想いを、朝陽は知らない。

朝陽に押し切られるように、正純は可愛らしいディスプレイで飾られた菓子店に連れてこられる。

店内に足を踏み入れた途端、甘い香りが二人を包んだ。

その店はパリで活躍していたパティシエの日本の分店で、雑誌で何度か紹介もされているらしい。美味しいと評判なんだ、と朝陽は言った。

広くスペースが取られた店内は、オレンジ色の照明に包まれて、温かな光を投げかけられた朝陽の瞳が柔らかく輝く。

「香汰って甘いモノ好きだよね。病気の時に好きなものあったりすると嬉しいよね」

正純の隣で朝陽がほんわりと微笑む。評判の洋菓子よりも甘い笑顔だ。ダイレクトに朝陽の笑顔を見てしまったほかの客が、絶句しているのがわかる。

香汰が『朝陽は思いやりがあって純粋なんだ』と言っていたことを正純は思い出す。

各々が仕事を持ち、多忙を極める両親は留守がちで、正純が病気になっても小さい頃から正純には食事を作ってくれる人はいなかった。不満に思うことはなかったし、たぶん、ただひたすら寝て治すやり方に慣れてしまったのだろう。でも、熱が上がり心細くなった時に、自分の好きなものを差し入れに持って現れる人がいたとしたら。

朝陽は相手の気持ちを考えることができる人間だ。だからこそ、香汰があんなにも懐き、部の連中も慕うのだ。

「ね、香汰って何が好きだっけ?」

ガラスケースの前で朝陽が立ち止まる。腰を屈め、ケースの中を覗き込む。繊細な細工の施された菓子が、凝った名前とともに紹介されている。

「あいつはなんでも好きだぞ」

「種類がいっぱいありすぎてわからないよ」

「適当に買えばいい」

香汰のことばかり気にする朝陽に、苛つく気持ちのままそう言うと、うーん、と朝陽は唸った。

胸の前で腕を組み、首を傾げてケーキを覗き込んでいる様は、隣の女子高生が真っ青になるくらい可愛らしいものだ。

可愛らしいとは言っても、女性に対する形容とはまったく違う。

朝陽独特の雰囲気が周囲を和ませ、そして惹きつける。

春の陽溜まりのような、温かい笑顔。ふんわりと笑む様は、清楚《せいそ》で可憐な花のようだ。

当の朝陽はそんなことは露ほども思っていないらしい。

ひとしきり眺めると、店員を呼んだ。紺の制服に白いエプロンを掛けた店員は朝陽に呼ばれて、頬を染めている。

周囲の反応に、正純はチッと舌を打った。

「じゃ、すみません、これとこれ…ください」

朝陽が選んだケーキを、店員はトングで取り出し箱に詰める。水色のリボンを結ばれた箱は、高級感溢れる包装で、評判といわれる店に相応しい。

正純は朝陽を制止すると、支払いを済ませてしまう。

「俺が見舞いに行くって言い出したんだから、ちゃんと払うよ?」

ケーキの箱まで持ってもらって、朝陽は戸惑う。

なんか、さっきからこの扱いは、まるで。

店を出てから正純は言った。

「別に。デートだって言っただろ。彼氏が払うのは当然だ」

「彼氏ってそんな…」

正純の言い様に、朝陽は絶句する。けれど、正純の目の端が笑っていることに朝陽は気付いたらしい。

「お前、俺のことからかってるだろ！」

「わかったか？」

そう返すと、朝陽はぷい、と頬を染めたままそっぽを向いてしまう。

香汰が『朝陽はからかいがいがある』とも言っていたことがわかる。人を信じやすい朝陽は、反応がいちいち新鮮で素直なのだ。そこがまた可愛らしく、男の心を煽る……。

しっかりとして見える朝陽の性格の内側に、もともと人見知りするこんな内面が隠されていることを、知る人間は少ない。

「そっちじゃない。香汰の家はこっちだ」

横を向いたまま、香汰の家とは反対方向へと歩きだした朝陽の肩を抱き寄せると、正純は自分の方へと引き戻す。正純の前ではしっかりものの部長の肩書きが形なしだ。

すっかり子ども扱いされてしまって、朝陽は迫力のない目で、正純を睨む。

正純がそんな朝陽を鼻で笑ったことも気に食わないらしい。

ずんずん歩いていく朝陽を追いかけて、正純は歩を速めた。

「香汰、大丈夫？」

香汰の母に迎えられて、二人は香汰の部屋へと通される。パジャマ姿のままベッドの上に起き上がると、香汰は二人を出迎えた。ベッドのすぐ隣に朝陽が腰を下ろすと、朝陽からやや後ろの場所に、正純も膝を立てて座った。

「今の季節、風呂上りにちゃんとした格好をしないで居眠りなんかするからだ」

容赦ない正純の一言が飛ぶ。

「わかってるよー。でも今日一日寝てたからもうずいぶんいいんだぜ。回復は昔から早いんだ」

だがまだ声はかなり鼻声で、決して本調子であるとは言えない。

「無理はするなよ。俺もすぐに帰るし」

「ありがと。今日、二人で出かけたの？」

いきなりの核心を突いた質問に、朝陽はうろたえる。

「え？　そ、その」

動揺した朝陽が嘘をつけないでいると、代わりに正純がはっきりと言った。

「そうだ」

「えっ!?」

朝陽はぎょっとして、斜め後ろに座る男を振り返る。

香汰は、朝陽と正純をただの友人だと思っている。でも、実際は友人以上の関係を強要されている。だから、香汰の恋人である正純と、二人きりで出かけたことは、とても…後ろめたくて。正純が朝陽を抱くのは、朝陽を牽制するためだ。恋愛感情などないのに、香汰をいらない不安に陥れたくはない。

「正純とは…その…た、たまたま外で会って」

誤解されたくなくて、朝陽は慌てて言い訳を口にする。香汰を不安にさせるような言動を取る正純を、さりげなく目線で朝陽が咎めようとする前に、香汰が言った。

「二人とも仲直りしたんだ?」

「仲直り?」

不審そうに正純が訊く。

「最近朝陽、正純のこと避けてるみたいだったからさー。一緒にいる俺のことも避けてたっぽかったじゃん。朝陽は俺に、『正純は優しいか?』なんて急に言い出すし」

香汰の言動は裏表がなく、いつもストレートだ。

「そ、それは…」

言葉に詰まる。何も言えずに俯くことしかできない。

陰でこっそりと正純のことを訊いていたのを、本人に知られてしまったのだ。バツの悪い思いをしたまま、身を縮こまらせる朝陽を、正純は黙ったまま見つめている。

「お茶が入ったわよ。取りに来てくれる?」

階下で香汰の母がお茶を取りに来るように声を掛ける。

「あ、俺が」

「いや、俺が行く」

立ち上がろうとする朝陽を制止すると、代わりに正純が部屋を出ていく。朝陽と二人きりになると、香汰ははしゃいだように言った。

「ケーキありがとね。そこのケーキって閉店前にはいつも売り切れるんだよな」

「正純の差し入れだよ」

正純が買ったことを強調しないと悪い気がして、朝陽は慌てて言う。

香汰にとっても、恋人が自分を心配して見舞いに来てくれたというほうが嬉しいはずだ。

「うーん、実はね、その正純のことなんだけど」

明るい調子だった香汰の声のトーンが、いきなり下がった。

「ちょっと聞きたいことがあるんだ」

朝陽と二人きりの今を狙い澄ましたような問いに、朝陽の胸がドキリと鳴った。

嫌な、予感。

「あのさ。最近正純、好きなやつがいるみたいなんだ」

「え…？」

心臓がいつもの倍以上の強さで跳ねた。

（まさか…）

「でも誰なのか、絶対俺に言わないんだよ。朝陽、お前なら知ってるかなーって思って」

声が、出ない。

頭の中が真っ白になる。

彼氏の浮気相談を、恋人が当の浮気相手にするようなものだ。

朝陽は、正純に…抱かれた。たとえ強要された関係だとしても。

（もしかして、知って……）

正純が朝陽を抱いた…ことを、香汰は知って……？

自分が、正純を誘った…ように思われてしまったら。香汰に誤解された時のことを考えれば、胸が押し潰されそうになる。青ざめた朝陽が香汰の表情を探るが、香汰からは本当に知らないことを尋ねる以外の意図は窺えない。

(どうしよう)

混乱するほど、朝陽からは表情が失われていく。

「あいつに好きなやつができてもいいけど、幼なじみだからそれを教えてくれないなんてちょっと寂しい気もするなー」

正純に恋人ができたことなど、大したことではないと言うように、欠伸をしながら香汰が大きな伸びをする。

(……は…？)

反応するまでに、かなりの時間を要した。

不思議な言葉を聞いた気がする。空耳ではなかったかと頭の中で何度も反芻する。そして、まじまじと香汰の童顔を覗き込んだ。

「何だよ？　俺の顔、なんかついてる？」

香汰は呑気にそんなことを言う。

「お前たち、付き合ってるんじゃなかったのか？」

「お前たちって誰と誰だよ？」

香汰は本気でわからないらしい。朝陽はだんだんと混乱してきた。

「だから香汰、お前と、正純」

香汰がぷっと噴き出した。

「お前もそんなこと言ってるの？　んなわけないじゃん！」

笑いながらあっさりと否定され、朝陽の頭は困惑でいっぱいになる。

（付き合ってないって…）

どういうこと？

でも、正純は自分には。

朝陽が近づかないように。香汰に欲望を抱いたりしないように。好き…でもないのに朝陽を抱く…まねができるほど、香汰を大切にしている。

香汰を、大切に。

（もしかして…大切すぎて、告白すらしていなかった…？）

きっと、そうに違いない。

ふいに思いついた考えは、とても信憑性があるもので、朝陽の心がざわめく。

あの、尊大を絵に描いたような正純が、告白すらできないほどに。それは…。

無邪気に笑い転げる香汰の反応を見て、朝陽は確信した。

(本当に好きだから、伝えてなかったんだ…)

香汰を傷つけないために。

「正純が本気で惚れた人のこと、見てみたいなー」

香汰は窓の外に目をやった。外を見やる表情も、可愛らしい。

(正純が本気で惚れてるのは、お前だよ、香汰)

声に出さず朝陽は言った。

(本気で好きだから…。想いを伝えられないほど好きだったんだ…)

それに対して自分は?

告白すらできないほど大切にしている香汰とは、違う。

強引に身体を開かれただけの、関係だ。泣いても、苦痛を訴えてもやめてはもらえない……。

思い出せば…胸が痛む。眦《まなじり》が、歪む。

「朝陽?」

目の前の親友の存在が、…切ない。

朝陽が香汰に惹かれたように、香汰は性格もよく可愛くて魅力的だ。自分では比較の対象にすらならない。きっと皆、香汰のほうを好きになる。

正純も、きっと……。

優しく香汰を抱く正純の腕を想像すれば、泣きたいほどの切なさが込み上げる。

香汰に幸せになってもらいたいのに。二人が上手くいくところを想像して、どうしてこんな…泣きたい気持ちになるのか……。

浮かんだ想いの不可解さに、朝陽は苦しめられている。

「香汰の好きな人…は…?」

「うん…」

「誰?」

尋ねながら、心臓が早鐘のように脈を打つ。

「うん…言えない、な。だって俺の好きな人、好きになっちゃいけない人だもん」

「っ!」

それ以上いくら尋ねても、香汰は朝陽に対して口を割らなかった。

好きになってはいけない、のは…正純が同性だからだろうか。幼なじみならばずっと一緒にいられる。でも恋人になってしまえば、いつか別れるかもしれない危険を孕む。今の関係を壊したくなくて、好きになってはいけないと思うのもわかる。

(正純に伝えれば喜ぶのに。両想いなんだから。香汰が幸せになるのが…俺の願いだったんだから)

「伝えてみれば？　そうしなきゃ始まらないよ」

告白すればすぐに、人も羨むカップルの出来上がりだ。

正純の隣で香汰は幸せそうに微笑んで…そして、正純もきっと、香汰に優しい笑顔を見せるのだ。

そして、正純は朝陽を抱く必要は、なくなる。

可愛らしい恋人を手に入れたのだから。

熱い口づけも、身体が蕩け合うような抱擁も、朝陽の涙を拭う唇…も、すべて…二度と自分に与えられることはない……。

指先が、震える。

胸が締め付けられたようになり、咽喉元で息が詰まり声が出ない。

わざと笑顔を作り、応援する言葉を投げかけるが表情は不自然に強張る。

不可解な自分の…気持ちの正体を…確かめるのが、怖かった。


放課後、正純の家に行きたいと言い出したのは、朝陽からだ。

留守がちな正純の両親は相変わらず家にはいなくて、二人きりの空間を容易に提供していた。贅沢な広さのリビングに通され、ソファに腰掛ける。制服姿のまま、二人は向き合う。

「お前から来るなんてどういう風の吹き回しだ？」

口ではそんなことを言いながらも、どういうわけか正純の機嫌はよさそうだ。

朝陽から望んで正純の元に来たから…だろうか。甲斐甲斐しく朝陽にコーヒーを淹れると、朝陽の隣に腰掛ける。落としたてのコーヒーはいい香りがしていて、朝陽の心を和ませた。

「美味しいな、これ」

カップを両手で包み込む朝陽の表情が、ほんわりと和らぐ。湯気の向こうで正純が満足そうに笑んだ。正純が朝陽に対して笑みを向けるのは、そうないことだ。

いつも苛むような視線を投げつけられてばかりいたから。

隣に腰掛けた正純の視線が、コーヒーを含む朝陽の唇に落とされる。

朝陽を見つめる眼差しに獰猛な光はない。

二人きりでいて和やかな時間を過ごすのは、初めてだった。

今ならば。際どい内容を口にしても、許されるような気がした。

「正純……」

朝陽は重い口を開いた。

昨日、香汰を見舞った後、正純は朝陽をちゃんと家まで送り届けてくれた。香汰のすぐ隣に住んでいるのだから、わざわざ朝陽の家まで送らなくても、そう何度も辞退したのに。

本当に最後までデートのようだと思って、少しだけ気分が高揚した。

別れ際、周囲に誰もいないのを確めると、朝陽の家の軒先で、正純は朝陽の唇を掠め取っていった。

優しい…キス。

触れるだけのキスに、眩暈を覚えた。身体の芯が痺れたようになって、しばらくの間呆然としたまま、去っていく広い背を見つめていた。

その夜、ベッドに入ってからもずっと、身体が火照って眠れなかった。正純の触れた感触が、ずっと唇の上に残っているような気がして、何度も自らの唇に指先を触れさせては胸が高鳴った。

いつから、正純に触れられて胸が高鳴るようになったのか。

キス…されても、嫌じゃない。

(どうして……)

幾度となく繰り返した自問は、答えを知ろうとするたびに、痛みとなって胸を突き刺す。

「朝陽?」

名を呼んだきり考え込むように口を閉ざしてしまった朝陽に、不審げに正純が身を乗り出してくる。

正純の低い声が、自分の名を呼ぶ。

艶めいた声が欲に染まり、熱い吐息とともに耳に名を吹き込み、甘咬みを与えた。

正純の触れた感触を、肌が覚えている。抱き締めた腕を。

ソファの上で、二人の距離が近づく。

自分の名を呼んでほしい。

もっと、自分だけを見つめてほしい。

そんなことを……。

思うなんて。

正純は香汰が好き、なのに。

自分を名を呼ぶ唇が、キス…したのも、なんの感慨も込められてはいないのに。それを……。

好き…なんかじゃない。

絶対に。でも。

正純の自分に対するひどい扱いを思い出すほど…惨めさがつのる。

壊れてもいい。抱き締めてくれるなら。

そんな自分が苦しい。

「正純、お前まだ告白してなかったんだな」

自分のコーヒーカップに手を伸ばそうとした正純の動きが止まった。

（動揺してる…？）

珍しいものを見る目つきで朝陽は正純を見つめた。

「香汰が心配してた。お前に好きな人がいるんじゃないかって。…香汰は、正純とは付き合ってないって言ってた」

鋭い双眸をしっかりと見つめる。いつも身が竦むような想いをしたけれど、勇気を振り絞り、しっかりと正面から見上げ、はっきりと告げる。

「本当に好きな相手には臆病なんて、お前のガラじゃないぞ。早く告白してくっついちゃえよ。お前ら」

震える気持ちを必死に押し隠し、朝陽はわざと平静を装って言った。

「香汰は『正純に好きな人ができたら寂しい』って言ってた。香汰だってお前のことが好きだと思う」

だから。

「お前が香汰のこと好きだってちゃんと伝えれば、絶対、うまくいくよ」

二人を応援する羽目になるとは思わなかった。なんの返事もしない正純に、朝陽は続けた。

「とにかく。俺は香汰とは友達のつもりだから。もうお前が俺と香汰を邪魔する理由もなくなったわけだ」

自分は正純とは違う。好きでもない相手と、抱き合うなんてできない。

正純に抱かれて、平静でなんていられない。

腕を首に絡め、自ら抱き締めてくれるように、ねだってしまうかもしれない。

その腕を、引き剥がされたら。きっと。

(耐えられない……)

正純は自分を好きでは、ないのだから。

もうこれ以上、正純に抱かれるなんて、できない。

自分から終わりを告げて、平気なふりをするのが朝陽に残された最後の意地だった。

ぎこちない笑顔を作って隣に腰掛けている正純の反応を窺う。

正純は怖い顔をして朝陽を睨んでいた。

(なんで…?)

どうして正純がそんな顔をしているのかがわからず、朝陽は息を呑んだ。

「俺は、香汰のことが友人として好きだから。お前に抱かれた…ことは絶対に言わない。だから心配しなくて、いい」

見えない緊張が走る。緊張に耐え切れなくなって、朝陽はソファから立ち上がる。だがすぐに正純の力強い腕に引き戻され、逃げ出すことは叶わない。

「…離して」

それだけをやっとの思いで朝陽は言う。

正純の指の力は緩まない。ずっと黙っていた正純が口を開いた。

「好きなやつ、いるよ」

低い、響く声だった。

正純が、本気の時に出す声だ。

朝陽が好きな声だった。だが、もう身近でそれを聞くことは終わりにしなければならない。

鼻の奥がツン、としそうになるのに、朝陽は慌てる。

「だから、それを香汰に言えって言ってるだろ」

緩まぬ腕に身を捩る。だが指はますます朝陽の腕に食い込み、離れることを許さない。

「香汰じゃ、ねぇよ」

頬を張られるような衝撃を感じた。

「…え?」

今度は朝陽が戸惑う番だ。

（香汰じゃない…？）

今、何と言ったのだろうか、この男は。

（どういうこと？）

「え？」

頭が混乱していく。

呆然としたままの朝陽を、正純は抱き竦めた。

はっとして朝陽は身体を強張らせると、叫んだ。

「香汰じゃないってどういうことだよ！　だったらなんで、なんで…っ！」

最後のほうは言葉にならなかった。

（抱いた、の…？）

そう続けたかった。

苦しくて、表情が泣きそうに歪む。朝陽を離さず、目の前の男は言った。

「…好きじゃなきゃ、抱くかよ」

「正純？」

「本気で好きだから、抱いたんだ」

抱き締める力が強くなる。

「…何言ってるのかわからない…」

強く抱き締められ、正純の広い胸に朝陽は顔を埋めた。正純の心臓は朝陽と同じくらいドキドキと脈打っていた。

まるで、緊張しているかのように。

「俺が好きなのは朝陽、お前だよ」

「っ⁉」

朝陽は驚いて正純を見上げた。

いつもの朝陽を馬鹿にしたような表情は微塵も見られない。

……怖いくらい真剣だった。

目の前の男が自分を好きだという。

その人は男前で、目立つ外見をしていて、同性にも人気があって、皆が憧れてやまない人物だ。

抱き締められるたびに苦しくなった…その相手…が。

壊れても、いい。もっと抱き締めてくれるなら。そう思った相手、が。

(俺を、好き…?)

朝陽の頬が朱に染まる。胸が高鳴った。…壊れそうなほどに。

(信じられない……)

朝陽にだけは厳しくて、何度も苛んだくせに。

「本当に鈍感なヤツだな」

正純が大仰に溜息をつく。

「香汰は？」

「香汰は関係ない。ただの、幼なじみだ」

「嘘だ！　香汰のことは本気で好きだから、俺には香汰にできないことも平気でできたんだろ？」

朝陽の背に回った正純の腕の力がますます強まった。苦しいぐらい強く抱き締められる。

「俺が香汰を好きだったから、香汰に近づけないようにするために、俺を抱いたって言ってたじゃないか…！」

口にした自分の台詞に、朝陽は傷つく。

「香汰にはできないことも、俺相手ならできるって言った…！　それであんな…ひどいこと…」

それ以上自分を傷つける言葉を朝陽が紡ぐことは許されず、正純は朝陽の唇を塞いだ。

「ん…」

「俺はお前に優しくないか？」

自嘲めいた呟き。

「俺はお前に優しくなんてできない」

「っ…」

「お前を目の前にすると余裕がなくなる。壊しても…奪いたくて、たまらなかった」

正純が朝陽の耳元で囁く。息を吹き込まれながら告げられ、朝陽の背がゾクリと粟立つ。

「お前が香汰のことを好きだったからな。お前を香汰になんかにやるつもりはなかった。香汰に取られるぐらいなら、…だからその前に俺のものにした」

信じられない告白に、朝陽の心臓は早鐘のように鳴り始める。

「普通に告白しても、香汰を好きなお前にふられるのはわかってたからな。普通でない手段で手に入れるしかなかった。…そのせいでお前は香汰のことを、友達だと思うようになっただろう?」

確かに。何度も正純に香汰をどう思っているのか尋ねられ、本当の気持ちに気付かされたのだ。

「信じられない…どうしてそんな…」

「もう、俺のものだ」

はっきりと断言され、正純の唇が下りてくる。

優しくない、獰猛な口づけだった。壊されて、奪い尽くされるほどの激しさで、正純が朝陽を求めてくる。

「んんっ…」

与えられる熱さに、すぐに夢中になった。

壊されそうな激しさでも、…怖くはない。正純の本気と、自分を求める激しさを…感じることができるから。

まだ、自分を好きだと言ったことは信じられなかったけれど。

(誰を、好きって…言った…)

『俺が好きなのは、朝陽、お前だよ』

正純はそう言った。眼差しに焼き尽くされそうな熱さを孕みながら。

信じたい。信じてしまえば、自分は。

胸が高鳴る。泣きそうなほどに。

朝陽はきっと。正純が。

無理やり奪われても、それでも。与えられる口づけを拒むことができなかったのは……。

好き、なのだ。

きっと。はっきりと自分の気持ちに気付く。

もし『嘘だ。本気にするな』、いつものように苛むように告げられたら、きっと今の自分は泣いてしまう。

不安が交差し、素直に正純の腕を取ることができない。

正純が、好き。

自分を壊すと宣言されて、抱き締められても腕を振り解くことができない。

口づけは切なくて、離れがたくて、もっと、とねだった。そうすると、朝陽が望むまま正純は口づけを与えてくれる。

「今さら俺から逃がすようなことはしない。お前が俺をどう思っていても」

口づけだけでは耐え切れなくなったように、正純は朝陽をソファに押し倒す。

正純の体重を受け止めながらも、朝陽は肩を押し返すように腕で突っぱねる。

「正純、待って…」

まだ、信じられないから。なし崩しに行為に及ぶのは嫌だった。

「なんだ?」

正純がこういう状況で朝陽の言うことを聞いてくれるなど初めてだ。

『本当に俺のこと、好き?』

そう訊ねようとして、朝陽は口を噤《つぐ》んだ。

正純の想いが信じきれないから。もし『嘘だ』と否定されたら、自分は。……壊れてしまうかもしれない。

みっともなく泣いて、正純に縋ってしまう。

「なんでも、ない…」

不安に瞳を揺らめかせる朝陽を身体の下に抱き込んだまま、正純が行為を再開しようとする。

いきなり玄関のインターホンが鳴った。正純は無視して行為を押し進めようとする。だが。

「おい！　正純、いるんだろ？」

玄関を叩く音とともに、香汰の声が響いた。正純は舌を打つと、朝陽の身体の上から退く。

「待ってろ」

正純の体重が朝陽の上から消える。寂しさでいっぱいになるなんて感情も、初めてのことだ。

けれど、朝陽は正純を抱き締め返すことができない。

「あの、香汰が来たみたいだから…俺、帰るね」

「朝陽」

はだけられたブレザーの前をかき寄せる。素早くソファから下りると、正純の横をすり抜けた。

正純が追う前に、朝陽は玄関の扉を開く。

「あれ？　朝陽も来てたの？」

「う、うん。今日は用があるから、もう帰るね。じゃ、また明日」

「え？」

不思議そうな顔をする香汰を残したまま、朝陽は家を出ていく。

正純が追おうとする気配と、香汰が引き止めようとする会話が聞こえたような気がしたけれど、朝陽は振り返らなかった。


「バスケ部のマネージャー…？」

「そう、正純のお相手。彼女ってこと」

休み時間に香汰が言った。にわかに正純の周囲が華やかになった。どうやら年貢の納め時か、というこららしい。男子生徒にとっても、正純に特定の相手ができることは、正純を諦めた女子生徒が自分に振り向いてくれる可能性もできるわけだから、歓迎だ。

「最近よく副部長の綾河と喋ってるんだって。バスケ部のマネージャーの子が、正純に告白したらしくって。それ以来ね」

「マネージャー…」

彼女は働き者で、朝陽も一目置いている。明るくて元気のいいところなど、香汰に印象が似ていると思ったこともあった。

香汰に、似ている。

噂に信憑性が増す。朝陽の肌がざわざわと総毛立っていく。

「香汰は、平気なのか？」

いつか香汰が言っていた『好きな人』が気になった。だが香汰はまったく平静そのものだ。それどころか、降って湧いたスキャンダルを楽しむ余裕すら見える。朝陽の隣の席に勝手に腰かけたまま、香汰は笑う。

「別に。今までだったら告白された子のことはさっさとふってるくせに、彼女のことだけは特別に綾河にいろいろ聞いたらしいんだよ、それでどうやら正純も彼女のこと気に入ってるんじゃないかって噂されてる」

「正純が気にしてる？」

初めてのことだ。

「やっぱり思った？　そんなこと今までなかっただろ？　告白以来綾河とよく話してるみたいだし。彼女、結構可愛いって評判だろ。女の子たちも彼女なら仕方ないか、ってどうやら諦めムードになってきてるらしい」

「そう…」

「どうしたの？　朝陽、真っ青だよ！　具合悪いの？」

香汰に指摘されて朝陽は自分が立っていられないほどのショックを受けていることを知った。

「大丈夫…」

「大丈夫って顔してないよ！」

「なんでもないったら！」

強い口調でそう言うと、香汰は驚いた顔をしていた。

「ごめん、ほんと大丈夫だから。もうすぐ試合も近いし、ちょっと神経質になってただけだから」

慌ててフォローすると、予鈴が鳴る。

何か言いたげな気配を残しながら、香汰は自分の席に戻った。


（やはり…嘘だった…）

家に戻り、一人きりの部屋で、朝陽は思った。

本気にするほうがバカだったのだ。香汰も他のヤツらも皆、口を揃えて『正純は優しい』と言う。だが正純は朝陽に『優しくなんてできない』と言う。その言葉どおりいつも強引に朝陽を抱いた。

それでも、…『正純』と朝陽が名前を呼ぶと、なんとなく自分を抱き締める腕が、優しくなるような気がしたから。だから。

他に好きな人がいると聞いても。

（なんでまだ、好きなんだろう…）

朝陽は両手で顔を覆った。誰が見ているわけでもないのに、今の自分の顔を見られたくなかった。

告白されても、朝陽の不安は拭えない。正純の告白は、とうてい信じられるものではない。好きな人に、好き、と告げられて、嬉しいのは…本当の恋人同士だけ。

『俺の好きなのは、朝陽、お前だよ』、そう正純は言った。その日、正純はひどく朝陽に優しかった。

（優しかった…？）

そう、優しかったのだ。好き、という言葉を信じてしまいそうになるくらいに。

『壊しても、奪う』そう告げられた。うっとりとその響きに酔った。

（罪滅ぼし、のつもりだったんだろうか…）

とっくにマネージャーと付き合っていたのなら。

最後まで朝陽のことは、好きになってはくれなかった…。

胸が張り裂けそうになる。

（嘘をつかなくたっていいのに。最初から俺のことを好きじゃないってずっと言ってたんだから）

わざわざ朝陽に好きと言わなくてもよかったのだ。

（好きって言われたら、余計つらくなるじゃないか。もし俺がその言葉を信じたらどうするつもりだったんだよ）

本当は信じたかったくせに。

湧き起こる感情を、あえて、無視した。


前ヶ崎との練習試合の日がやってきた。

朝陽たちの学校のほうがランキングでは下位に位置するため、隣の市にある前ヶ崎まで出張しての試合だ。

前ヶ崎は地元だから応援がいても当然だと思う。

「朝陽先輩頑張ってー！」

「綾河さんも素敵ーっ！」

何だろうこの声援は。

「お前ら…すごいな」

相手チームの部長が呆れた声を出す。

「すみません」

朝陽は頬を染めると、苦い顔を見せる。

「いや、いいんだよ。俺たちなんて個人名での応援なんてないからな。人気があるのはいいことだ」

私服を着ている女の子たちの中には、どうやら前ヶ崎の生徒もまじっているようだ。制服で他校を応援するのはさすがに控えたのだろう。日曜だというのに、ちらほらと朝陽たちの学校の制服も見える。わざわざ応援に隣町までやってきたというところだろう。

試合が始まった。


今回の練習試合はもともと後輩たちの育成を目的とした試合だ。後輩にはまず多くの試合経験を積ませ、公式試合の前にある程度、試合慣れさせておくことが大切だ。

前ヶ崎は伝統的にバスケが強い。中学でそれなりにバスケの上手い人間が進学している背景がある。今回の練習試合のメインであるはずの後輩たちは苦戦していた。点差は開き、ラスト近くになって、お互いがベストメンバーに交代する。

「朝陽、出番だ」

綾河に言われて朝陽は支度を整える。

後輩たちが一矢報《いっし》いてくれと言いたげな瞳で、朝陽に期待のこもった眼差しを向ける。

前ヶ崎はトーナメントでは県大会で優勝するレベルのくせに、朝陽が出た前回の試合では敗北をきっしている。

苦手な相手、というのはいるのかもしれない。

「勝ってくる」

らしくない台詞を言って顔を引き締めると、朝陽は立ち上がった。


「さすが！　どうしてあの距離でシュートが決まるんですか⁉」

「朝陽先輩すごいっスよ！」

試合が終わって朝陽はすぐに後輩たちに囲まれてしまう。賞賛の言葉を浴びせられて、照れくさそうに朝陽は笑顔を返す。朝陽が出てから点差は縮まり、結局朝陽の活躍で逆転したのだ。

「すごいよお前」

「うぷっ」

綾河の大きな身体に抱きつかれて、朝陽はよろけそうになる。前ヶ崎は先輩後輩の関係が厳しいらしく、仲のよさそうな朝陽たちを、羨ましそうに見ていた。

「整列！」

相手チームの号令が飛び、慌てて全員がコートに集合する。挨拶を交わすと、朝陽たちは前ヶ崎を後にしたのだった。


帰りの電車の中で後輩のうちの一人が話し始める。

「なあ、そういえば、ギャラリーの中に国府田《こうだ》先輩いなかった？」

「やっぱり⁉ 見慣れない男前がいたからさ。国府田先輩に似てるなーって思ったんだけど、まさか、とは思ったんだ」

「あれだけカッコいい人そうざらにはいないよ。目立つからわかったんだ」

「マジ⁉ なんで前ヶ崎にいたんだ？」

「そりゃ…デートじゃん？」

今日の練習試合は現地解散になっている。現地で別れたマネージャーがいないからこその台詞だ。

「試合が終わったら会う約束してたんだろ?」

「うっわー、あっつー」

後輩の一人が手で咽喉元を扇ぐ。妙にスタイルのいい正純に似た男だとは思ったが、まさか本人だとは夢にも思わない。

会話は近くに立つ朝陽の耳にも聞こえる。朝陽もその男の存在は目に入っていた。

後輩たちも正純だ、と言うのなら、本当なのだろうか。

(まさか…マネージャーを迎えに来てた…?)

試合で勝ったという高揚感はとっくの昔に消えていた。


重い足取りで家に帰ると意外な人物が家の前に立っていた。

「正純…」

(マネージャーと会ってるんじゃなかったのか?)

ここにいるはずのない人間に、朝陽は目を見開く。

「今から俺の家に来ないか?」

正純の服装は、遠目で見た試合を見に来ていた正純らしき人物と同じものだった。

『マネージャーとデートだろ?』、そう言った後輩たちの会話が頭を離れない。

「どうして?」

(ここにいるんだろう)

会えて嬉しいといった気持ちは湧かなかった。

「お前が帰ってくるのを待ってたんだ」

(俺を待ってた?)

その言葉に、少しだけ嬉しい、と感じてしまった自分を叱咤する。

不安が込み上げる。…最悪の予想すらしてしまう。

「…わかった」

短く返事をすると、朝陽は荷物を家に置き、歩きだす正純の後に従った。

試合に勝って後輩たちにもみくちゃにされて、照れくさそうに、それでも満面の笑みを浮かべて応える朝陽を、正純はじっと見ていた。

健康的なその姿からは、正純の腕の中に抱かれ乱れる姿は想像もできない。朝陽が遠い世界にいってしまったような焦燥を覚え、正純はギュ…と拳を握り締める。

朝陽が後輩たちに指示を飛ばすと、すぐに彼らは朝陽の指示に従って動きだす。

彼らの顔は朝陽と同じチームであることを誇らしげに思う感情に満ちていた。

バスケのユニフォームに身を包み、コートを走り回る姿は、敏捷《びんしょう》性のある別の生き物を見ているようだった。

女子の声援が飛ぶのもわかる。よくスポーツ選手がプレイをしている場面を見て恋に落ちるという話を聞くが、彼女たちの目には、たしかにカッコいいと映るのだろう。それも本当の朝陽だ。

だが、誰も知らない朝陽を知っているのは自分だけだ。

綾河が朝陽の肩を抱いた。朝陽はそれを嫌がるでもなく甘受している。

正純が肩を抱くと、朝陽は身体を硬くするのだ。

「ちっ…」

正純の身体中に独占欲が噴き出す。朝陽はそのことを知らない。

無理やり身体だけ引き寄せても、心を奪うことはできない。

「いつか手に入れてやる」

周囲には誰もいない。正純の呟きは空に掻き消えた。

朝陽は何度も『香汰への気持ちは友情だ』と言っていた。

今はそうだろう。正純が、無理やりそうさせたのだ。

朝陽の気持ちが香汰の上から失せた今、今度は自分へと向けさせせてやる。

「俺は卑怯だからな」

自嘲気味に正純は笑った。


初めて朝陽に会った時のことを正純は思い出していた。

窓際の席に着席した朝陽の席には、春の日差しが差し込んでいた。

サラサラの髪が、降り注いだ明るい光に透けていた。じ…と正純が見ると、やや緊張した面持ちで正純のことを見返してきた。

男に対して綺麗だ、と思ったことは初めてだった。

形のいい茶色の目が、ダイレクトに正純をとらえた。正純を見る双眼は、誰よりも澄んだ印象を与え、息が止まるほどの衝撃を受けたのを覚えている。

人懐こい香汰がすぐに朝陽と打ち解けて、ついにはお互いの家を行き来するまでになった。

香汰にかこつけて、その実、朝陽を見ていたくて、香汰の家に朝陽が来るたびにいそいそと出かけていくようになった。

朝陽を見つめるたび持て余すような熱い塊が込み上げ、正純の胸の奥底でくすぶるようになる。

目つきがよくない自分が朝陽に視線を向けるたび、朝陽が身を硬くするのに苛つくようになり、自分が朝陽に狂おしいくらいに惚れていることに正純は気付いた。

それは欲望を伴った恋愛感情だった。

同じ頃、朝陽が香汰のことばかり見ているということに気付く。ずっと、朝陽のことばかり見ていたから。そして、香汰が朝陽に友情以上のものを感じ始めていることにも。

正純はひどく焦っていた。

(本当の横恋慕は、俺だったんだよ、朝陽)

自分が横から朝陽を強引に奪わなければ、朝陽と香汰は両想いだったのだ。二人が恋人同士になるのを、手をこまねいて見ている自分ではない。

本当は…。

(好きと告げて、優しくだってしてやるつもりだった…)

無理やり奪ってひどい言葉を投げつけ、泣かせるつもりはなかった。傷つけるつもりも。だが、正純の腕に抱かれながら、朝陽は香汰のことばかり考えていた。それが正純の独占欲を煽ったのだ。

どうしようもない嫉妬と独占欲に支配され余裕のなかった正純は、朝陽を傷つけるやり方でしか、朝陽を手に入れる方法を思いつくことができなかった…。

ギリ、と奥歯を噛み締める。一度手に入れてしまえば、香汰より先に自分のものにした余裕が生まれるかと思ったが、正純は、ますます余裕のなくなる自分を感じていた。

抱いても抱いても自分のものにならない朝陽に焦れて、よりひどく正純は朝陽を苛んだ。朝陽を泣かせて、それでも奪うことを止められなくて。

香汰と自分が付き合っていると信じている朝陽に、今さら好き、と告げることなどできなかった。

嘘で朝陽を縛りつけ、そのうち自らついた嘘に、正純自身ががんじがらめに縛り付けられていく。

正純は自嘲の笑みを浮かべた。

夢の中の朝陽は笑っていた。その傍に立つのは香汰ではなく自分で、正純が口づけようとすると、うっとりと目を閉じる。

だが実際は、奪う以外で朝陽に口づけたことはない。

強引に抱き寄せた朝陽はいつも泣いていた。濡れそぼる眼差しに、胸が張り裂けそうになる。何度抱いても香汰を想い続ける朝陽に、正純は独占欲をぶつけることでしか自分の気持ちを表すことができなかった。勢い、朝陽への行為は激しいものになってしまう。

(いつも辛そうだった…朝陽)

正純は眉を顰めた。

朝陽が香汰に触れると、正純が嫉妬する、と朝陽は思っていたようだが、本当は、朝陽に触れる香汰に嫉妬していた。そしてついに、朝陽を誤解させたまま傷つけた罰が与えられる。

『もう、やめよう』

好きな相手に別れを告げられた恐怖。恐怖は容易に焦りへとすりかわった。

『俺の好きなのは、朝陽、お前だよ』

激情にかられ、そう告げていた。堰《せき》を切ったように本音が心の奥底から溢れてきて、必死に好きだと告げていた。

正純の本気を、朝陽は信じられない顔をしていた。

それも当然だと思う。

たとえ嫌われても、それでも他のやつに渡すことなど考えられなかった。

自分以外の人間とくっつく朝陽を見るくらいなら、壊しても、朝陽を自分のものにしたい。そう思うほど朝陽に惚れている。

(俺の愛し方は屈折しているのかもな…)

朝陽のように好きな相手を幸せにしたいと純粋に思うのとは違う。

好きならば、相手がどう思っても逃しはしない。独占欲で縛り付けて、泣いても自分の印を刻みつけるのだ。

残酷な考えが脳裏に浮かぶのを、正純は自制する。

(今のままではダメだ。どうしたら朝陽の気持ちを俺に向けさせることができる…?)

何度も好きだと告げて、抱き締めればそのうち自分のものになるだろうか。

今日も朝陽を見ていたくて、前ヶ崎まで行った。

そこまで正純が朝陽を好きだということに、朝陽は気付いてはいないだろう。

(優しくしたかった…)

どうしても朝陽を目の前にすると余裕がなくなってしまう。

(本気で好きだから、抱いたんだ)

今すぐ会いたい、と思った。

連れてこられた正純の家のリビングは、手入れの行き届いた大きな観葉植物とテーブルが、モデルルームのように配置されている。綺麗すぎて生活感はあまりない。

ここで朝陽は正純から好き、と告げられた……。

「試合は、勝ったみたいだな」

前ヶ崎に試合を見に来ていたのなら、勝敗は知っているはずだ。白々しい、そう思ったからソファに腰かけながら朝陽は言った。

「見に来てたんだろ?」

「知ってたのか」

正純はバツの悪そうな顔を見せる。やはり前ヶ崎に来ていたのは正純だったのだ。

マネージャーに会うために。

「後輩たちが噂してた。…こんなところにいていいのか?」

マネージャーに会いに行くならさっさと行けばいいのに。なのに目の前の男は朝陽の指摘に意外な答えを返す。

「いいに決まってるだろう」

覚悟を決めたように、正純は言った。

「俺はお前の試合を見に行ったんだよ」

「…は?」

「お前に…会いたかったから」

ストレートに告げられ、朝陽の顔が朱に染まる。

「恋人の試合なら応援に行ってもいいだろう?」

「こ、恋人って、その」

「慣れろよ。お前のことだ。俺はちゃんと告白したはずだが。逃がしはしない。お前も覚悟を決めて俺のものになれよ」

固まってしまった朝陽の隣に正純が腰掛ける。ソファが沈む。

恋人。

(俺が、正純の、恋人…?)

現実として受け入れることはできない。マネージャーとの噂があるから。

朝陽はそっと目を伏せた。恋人と言われて正純から瞳を逸らす朝陽に、正純は不機嫌さを滲ませる。

「お前には俺の恋人だという自覚を持ってもらおうか」

ソファの上に押し倒される。

「何⁉　まさ、正純！　ってば！」

抗議するとやっと腕の力は弱まった。だが、朝陽の上から退く気はないらしい。

「俺以外に触れさせるな…」

正純の大きな手が朝陽の髪を梳いた。優しい仕草に、うっとりと身を委ねそうになってしまう。

朝陽が力を抜けば、正純は朝陽の頬に手を添えながら柔らかな頬に唇を寄せた。気遣うような動きに抵抗せず朝陽は受け入れる。正純は角度を変えて、朝陽の顔に口づけを降らせた。

愛しげな、気配が伝わる。

甘い…雰囲気が二人を包んだ。

流されそうになる。だが、朝陽は言った。

怖かった…けれど、このまま不安を抱き続けることのほうが…つらいから。

「ね、正純…」

「何だ…？」

「最近うちのマネージャーと仲いい…んだろ…？」

朝陽は言葉を絞り出す。

「マネージャーのことが好きなんだろ？」

「なんだそれは？」

正純は何を言われているのか本当にわからない様子だ。

「だってマネージャーに告白されて付き合うことになったたって。正純がマネージャーのことを気にしてたって。今日の試合も、マネージャーに会うために来たんだって後輩たちが言ってた」

そこまで一気に言うと、朝陽は続けた。

「綾河とよく話してるって。本当はそのことなんだろ⁉」

惨めだった。そう言いながらも、正純の腕を振り解くことができない自分が。

「なんだそのデマは。ああ」

思い当たる節があるのか正純は言った。

「彼女が好きだったのは朝陽、お前だ」

「え？」

「朝陽には付き合ってる人がいるのか、よりによって俺に聞きに来た」

「そんな…」

「もちろん付き合ってるやつがいると答えておいた。付け入る隙はない、とな」

「つ、つ、付き合ってるって？　いったい？」

「俺とお前だろう？　わかりきったことを聞くな」

いつの間にそういうことになったのだろうか。

「何度も言ってるだろう。綾河と話していたのも、俺の目の届かないところでお前に告白するような不届きな人間が出ないようにチェックしただけだ」

（本当に…）

本当なのだろうか。今ならば聞いてもいいだろうか。ずっと聞きたくて、聞けなかった言葉が、滑り落ちていた。

「本当に…俺のことが好きなの？」

「好きだ」

まっすぐに瞳を見つめられて、そう告げられる。

熱い眼差しと真剣な表情に、朝陽の胸が切なく締めつけられる。

正純が…自分のために。綾河に尋ねていたなんて信じられない。

自分の試合を見に来てくれたことも。

今までの嫉妬深い言動も、強引な行動も、すべて朝陽を好きだったから…？

抱き締める腕の熱さに浮かされて、次々に言葉が溢れ出す。

「香汰よりも？」

その名を出すたびに、不安になる。

香汰が好きな朝陽が気に食わないから抱いたと言われた傷は、抱き締められても容易には消えない。

「当たり前だ。あいつにこんな感情抱いたこともない」

まだ信じられない思いでいるのが、正純にも伝わったのだろう。

腕の中の朝陽をゆっくりと手放す。正純が朝陽の腕を取り、ソファから立ち上がる。

「どこ行くんだよ？」

「俺の部屋だ」

腕を引かれるまま朝陽は正純の後に従う。力強い腕だった。でも強引に捻じ伏せるつもりはなさそうだ。

「おい！　香汰」

正純の部屋に入ると、正純は窓を開け、隣家の窓に向かって声を掛けた。

「香汰が隣にいるの？」

朝陽は表情を強張らせた。掴まれたままの腕を振り解こうとすれば、すぐに正純の元に引き戻される。

「なんだ？　朝陽来てるの？」

カラリ、と窓が開けられ、香汰が顔を出す。

「朝陽…」

熱い声が朝陽の名を呼ぶ。逞しい腕が朝陽を引き寄せた。

香汰の目の前で、抱き締められる。

「あっ…」

あまりのことに呆然としていると、正純の顔が近づいた。

「ん…」

香汰の目の前だというのになかなか離れない濃厚な口づけは唐突すぎて、朝陽は抵抗も忘れて口づけを受け入れていた。

「ん…っ…ん…」

背を愛撫するように正純の手のひらが滑りだす。力が抜けそうになる朝陽の身体を、正純が支える。

「あ…」

ちゅ、と名残惜しげな気配を唇に残したまま、正純は唇を離した。

崩れ落ちる身体を正純は抱き止める。華奢な身体は正純の胸にすっぽりと埋まる。

正純に吸われしっとりと濡れた唇は、艶やかに色づいている。

慌てて窓の外の香汰に目を向けると、香汰はワナワナと震えていた。

香汰に見られたショックで、朝陽は動けない。

「もう、朝陽は俺のものだ」

「何を言うんだよ！」

香汰の前で宣言されて、朝陽は焦る。もし、香汰が正純を好きだったら…傷つけてしまう。でも、香汰の反応は朝陽の思っていたものと違っていた。

「俺も朝陽のコト好きだったのに！　抜け駆けだ！」

「え？」

目を白黒させて朝陽はその台詞を聞いていた。

「諦めろ」

香汰の目の前で正純は勢いよくカーテンを引く。

「どうだ？　香汰がお前を好きだと言っている。香汰の元へ行くか？」

正純は抱き締めたまま、そうすることは許さない…と言いたげに、朝陽の耳朶を甘く噛んだ。

「ん…ま、待って…」

意外な展開に、朝陽の思考はついていけない。正純は香汰の目の前で、朝陽を自分のものだと宣言したのだ。

（本当に…俺のこと、好き…？）

香汰は朝陽のことを好きだ、と言う。せっかく香汰に好きだと言われても、朝陽の心は動かなかった。

朝陽の気持ちが揺さぶられるのは、正純に好き、と言われた時だけだ。

「待てない」

正純が朝陽のシャツの中に、手を潜り込ませた。

「正純！」

「香汰のところへは行かせない。…脱がせば行けないだろう？」

本気なのだ、と今度こそ信じられる気がした。

「ほんとに、好き、なんだ…？」

同じことをもう一度繰り返す。

「香汰の目の前で『お前は俺のものだ』と宣言した。それでもまだ俺がお前より香汰のほうが好きだと聞くのか？」

「ううん…」

朝陽は首を振って否定する。

香汰に自分たちのキスシーンを見られてしまったことが、とてつもなく恥ずかしくて、いたたまれない。

自分を好きだと言ってくれた香汰を傷つけてはいないか、心配になる。

正純は朝陽の考えを見透かすように言う。

「香汰がお前を好きだと言ったって、俺の気持ちには敵わない」

「正純？」

「あいつの想いより、俺のほうがきっと強い」

以前の告白より、もっとずっと素敵な言葉で、正純は朝陽に言った。

真剣で…熱い眼差しで。

「お前が思うよりも、俺はお前が好きだ…」

最高の、告白。正純の目の縁がうっすらと赤い。

もう、信じてもいいのかもしれない。

どうやら目の前の男は本気で自分を好きらしい。朝陽相手に必死になってこんなことを言うなんて。

「俺のことを好きになれよ…」

とっくに、朝陽だって……。

（あれだけ俺のこと、大変な目に遭わせたんだし）

好きなんてまだ、言ってやらない。

でも、正純に触れられた肌が歓喜している。

全身が、正純を好きだと告げている。言葉にして告げなくても、いつか肌を通して伝わってしまう。

「よく考えればわかるだろう？」

好きとは告げずに、照れ隠しのためぶっきらぼうな口調でそれだけを告げると、朝陽は。

自分から正純に初めての…キスを贈った。

「……」

「何呆然としてるんだよ」

なんの反応も返さない正純に朝陽は口を尖らせる。

「お前からのキス、初めてだな」

「わ！　…調子に乗るな！」

大きな身体に抱きつかれて、朝陽はベッドに倒れ込む。

正純が朝陽を受け止めていたから、衝撃はない。最初からずっと大切に扱われていたのだ。そのことにいまさらながら、朝陽は気付く。

正純は自分で言うほど、朝陽に優しくなかったわけじゃない。

やはり、本心はいいヤツなのだ。

「…いいか？」

「お前こそ、ちゃんとそう聞いたの、初めてだな」

朝陽は言い返す。

目が合うと、どちらからともなく笑った。ふんわりと口づけられる。

親友の恋人だと思っていた人は、自分の恋人になった。

かっこよくて人に執着しそうにない正純の、嫉妬深い一面は、朝陽だけが知るものだ。

誰よりも朝陽を好きだと言ってくれる。好きな人に好きと告げられ、口づけられる。

素直に自分の気持ちを認めた後に、こんな幸せが待っているなど、苦しい片想いをしていると信じていた頃には気付かなかった。

好きな人に好き、と告げるのが苦手な人間同士の恋愛は、どちらかが殻を破らなければ始まらないのだ。

遠回りをしたけれど、遠回りをした分、ずっと相手のことが好きになった。

初めて味わう甘い恋人同士の関係に、朝陽はうっとりと身を委ねていった。

こわれるほどに抱き締めて

「んっ…んんっ…！」

下肢に楔が埋め込まれている。

朝陽《あさひ》は立ったまま背後から貫かれていた。逃げる腰を両手で掴まれ、引き戻されては何度も灼熱を打ちつけられる。ぬちゃぬちゃという淫らな音が、狭い学校のトイレの個室に響く。

声を洩らさぬよう、朝陽は両手で唇を覆っていた。

膝の下まで落とされた制服のズボンが足に絡みつく。

「ふ、う…っ」

男根に穿たれるたびに最奥が…疼く。

昼休み、誰が通るともわからない場所で淫らな行為に耽っている背徳の思いが、より興奮を煽る。苦しいほどの強い射精感が込み上げ、貫かれる剛直の与える快楽しか、考えられなくなっていく。

感じすぎて、怖い。とっくに朝陽の身体は、後ろでの快楽を覚え込まされていた。

男を悦ばせるための身体に作り変えられ、こうして…男の欲を果たすために下肢を暴かれている。

「んっ…！　あ…」

正純《まさずみ》が荒々しく腰を上下させる。全身を走るぞくぞくとした甘い愉悦が、脳を痺れさせる。

朝陽は無意識に粘膜を擦り上げる剛直を締め付け、正純を悦ばせた。

「くっ…」

正純が荒い吐息を洩らす。淫らな息遣いが満ち、限られた時間で快楽を貪り続ける。

「ね、もう…」

どうしていきなり正純にトイレに連れ込まれたのか、朝陽はわからない。

むっつりと黙ったまま下衣を剥ぎ取られ、ずっぽりと杭を根元まで打ち込まれた。

どんな場所でも、正純に求められれば朝陽は感じてしまう。

嫌われたくないから…わがままも言えなくて、どんな理不尽な行為をも朝陽は許してしまう。

自分は…正純にとって都合がいい相手なのだろうか。

朝の練習で綾河《あやかわ》が、『好きな相手ならば大切にするもんだろ』そう言っていたことを思い出す。

わがままな欲望を、ぶつけたりはしない。その指摘が、ずっと胸に引っかかっている。

「やめ…やめ、もう、いや…」

泣いても、正純はやめてはくれない。

愛されていないのかもしれない、そんな不安に陥れられるほどに。

「あああっ！」

粘膜に叩きつけられる放出の与える熱さに、朝陽も射精していた。

ガクリと膝を折ると、朝陽の意識が遠くなる。昨晩見た夢が朝陽の脳裏に蘇る。

「やっぱり俺が本当に好きなのは、香汰《こうた》だ」

正純が言った。

朝陽とのことは錯覚で、別れてほしいと一方的に告げられる。

「お前は俺の腕を必要とはしていない。でも香汰は俺を必要としてくれる」

そんな…！

離れていく腕を引き止めようとしてもそれは腕の中をすり抜けていく。

ずっと不安だった。正純は頼られることが好きで、自分に甘えてくれる可愛げのあるタイプが好きだと。自分は正純の理想とは、違うから。

守ってあげたくなるような可愛い子が、本来の正純の好みだと思う。

「もっとわがままを言って甘えてみせろよ…」

一度、朝陽が寝てると思ったのか、傍らで独り言のように呟いていた正純。

（やっぱり…俺のことは好みじゃないのかも）

教科書を広げるたび、香汰は正純の元に行く。

「ねえ、これ、わかんない」

香汰みたいに頼り切った瞳で、甘えることなんてできない。

「これは教えただろ」

怒りながらも、正純はまんざらではない様子を見せる、いつも。

頼られるのが好きなのだろう。可愛がることも。

(俺たちの関係はそんなんじゃない…)

正純は理想の恋愛をしていないと思う。自分は根本では正純のタイプじゃない。

自分と付き合うのは、つまらなくはないだろうか。

悩みは尽きない。夢に見るほどに。


気を失った朝陽を、正純は根気強く口づけの感触で引き戻す。やっと瞳を開けた朝陽はここが学校だということを把握し、迫力のない目で正純を睨んだ。

上気した頬、涙の滲む朝陽の眦に正純は口づける。

「イヤだって言ったのに…っ」

正純は放ったものが滴る下肢を拭った。甲斐甲斐しく朝陽の身支度を整える。

抱き締めようとする腕を突っぱねて泣きながら拗ねる朝陽に、正純は困りきって眉根を寄せた。でも、可愛らしい仕種を見れば満足感が込み上げ、再び下肢が熱くなる。

「き、昨日だってあんなに…し、したのに。学校じゃしないって約束したから…ほんとはつらかったけど、許したのに…っ」

昨晩、正純の家のベッドの上で、背後から獰猛に求めた後、息も絶え絶えな朝陽を、正純は自らの身体に乗せた。寝転んだまま上に乗せた朝陽を下から貫いて揺さぶり続けた。全身を見られる恥ずかしい体位に、朝陽が泣いても容赦しなかった。物慣れない朝陽の身体は、強すぎる正純の求めに二回も受け入れれば限界を訴える。けれど、恥ずかしげに泣く表情と、可愛らしい嬌声に煽られて、気を失いそうになる朝陽を何度も正純は引き戻した。

部活の練習のある朝陽は、平日は正純の家には来ない。二人がゆっくりとお互いを求め合うことができるのは、週末くらいしかない。それも朝陽に試合があればお預けだ。

久しぶりの週末、正純の理性の箍《たが》は外れた。

本気で泣きの入る朝陽に、確かに学校ではしないから…と約束した。泣きながらも朝陽はゆるゆると膝を開いて、きゅ、と瞳を閉じたまま、正純を受け入れた。

受け入れるのがつらいならと脅して、無理やり口で含むのを強要したこともある。

正純が朝陽を求めずにはいられないのは……。

朝陽が自分の腕を必要とはしないからだ。抱いてる時だけ、朝陽は自分の腕を求める。

香汰はいつも自分を頼る。でも、朝陽は元来何でも自分でできる性格だ。

頼ったり甘えたりはしない。それが…どうしようもない焦燥を正純の胸に与えるのだ。

もがく朝陽の腕をすくい取ると、正純は腕の中に閉じ込めた。


結局、トイレで強引に貫いた後、頬を艶やかに上気させたままの朝陽を絶対に自分以外の人間の目に晒すわけにはいかず、正純は朝陽を屋上へと連れていく。

人の気配はなく、朝陽はぐったりと正純の胸に身をもたれさせた。

正純がどうして朝陽を無理やり引き寄せたのか、朝陽はわからないだろう。

頼ることをしない朝陽が、自分の腕を必要としていないことに、どれだけの焦燥を正純が覚えているのかも。

「お前は俺がいなくても…平気なのかもしれないいな…」

正純の呟きに、胸の中で朝陽の身体が跳ねた。

朝陽はいきなり正純の胸元から、勢いよく顔を上げる。

「どうした?」

「へ、平気に見えるの?」

見上げる朝陽の瞳が、切なげに揺れている。

「どうした?」

ぎゅ、と制服の胸元を握り締める朝陽の指先に力がこもる。

不安そうに朝陽の表情が曇る。

なぜ朝陽がそんなに不安に怯えるのかわからない。

「甘えたり、わがままを言ったりするほうが、お前の好み…?」

くしゃり、と朝陽の顔が歪んだ。

「な、にを…言ってるんだ?」

「俺は…お前に嫌われるのが怖くて、わがままなんて言えない。甘えられるような可愛い性格もしてないと思う。でも…」

透き通った瞳が、正純を映している。

何度も願った…朝陽の目に自分だけを映してほしいという欲望、それが今正純だけを映し、逸らされることはない。

朝陽は自分に嫌われることが怖くて…強引な求めにも、逆らったりはしなかったのか。健気な朝陽の想いに、正純の胸が鳴る。

「いなくても平気なわけないじゃないか…」

香汰みたいに表面上だけで正純を必要としているのとは、違う。

普段、朝陽は正純に頼ろうとはしないけれど、でも。

「俺が一番…お前がいないと、だめなのに……」

心から、求めているのは。

「香汰みたいに可愛くないかもしれないけど、でも」

一番、正純を好きなのは俺だから。俺の想いのほうがずっと強いから。

「俺が一番正純の腕を求めてるのに…っ」

朝陽は言った。

いつか、正純が『俺の想いに香汰の想いは敵わない』そう言ったことになぞらえて。

「俺なんか、本当はお前の好みじゃないって、ずっと不安だったのに。俺を一人にしても平気だって思ってるの？　正純がいなくて平気だって。香汰みたいに可愛くないかもしれないけど、でも」

朝陽を不安にさせていた自分が、正純は悔しい。

「馬鹿、お前が一番…可愛いよ」

朝陽を腕に抱けば、抑えが利かなくなってしまう。

もっと、わがままを言ってほしかっただけなのだ。本音をぶつけてほしい。甘えられない不器用な性格だからこそ、そこが可愛くてたまらない。

もっと、ずっと、大切にしたいから。

正純も告げる。

「俺が想うほど…俺を好きになってくれ」

「…あ」

朝陽が絶句する。瞬時に頬が赤く染まった。

正純の腕の中で、朝陽は告白を受ける。

(正純が想うほどに好きになれ、なんて)

その言葉にどれだけ朝陽が胸を高鳴らせていたのか、正純は知らないだろう。

とっくに、好き。

そう朝陽が心の中で呟いていたことも。

(こんなに好きなのに、まだ正純のほうが自分を好きだなんて)

これ以上好きになったら、どうなってしまうかわからない。
でも、壊れるほどに、抱き締めていて。

あとがき

皆様こんにちは、あすま理彩《りさい》です。『こわれるほどに奪いたい』をお届けいたします。

このお話は私の好きなものをぎゅっ、と詰め込んだお話だったりします。

主人公朝陽《あさひ》は親友の香汰《こうた》に片想いしていました。なのに、香汰の恋人の正純《まさずみ》に無理やり犯されてしまい…。大切な親友に相談することもできなくて。そんな危うい三角関係の結末はどうなるのでしょうか。

私にとって久々の学園物、会社という組織の設定、職業の制約がない分、恋愛に集中して描くことができました。

このお話は約二年前に『親友の恋人』という題名でリーフ出版様のＨＰに一ヶ月ほど載せていただきましたが、このたびこうして出版していただけることになりました。さすがに当時のままの文章では恥ずかしく、現在の私でできる限りの改稿を加えています。新しい作品を書き下ろしたほうが早かったのではないかというほど、昔の作品の改稿というのは時間がかかりました。少しでも進歩していればいいのですけれど。当時の自分の感性の若さにも、気恥ずかしさを覚えます。亀の歩みでも、成長していけますように。

なお、大幅な加筆修正と、書下ろしも加えていますので、当時ＨＰで読まれた方も、新しい作品として新鮮な気持ちで読んでいただけるのではないでしょうか。

赤坂《あかさか》ＲＡＭ先生、格好良い正純と可憐な朝陽をありがとうございました。正純のクールな眼差しに私まで射抜かれてしまいそうです。朝陽は私のキャラの中で一番純情さんかもしれません。大切な二人にこうしてイラストをつけていただいた喜びは言い尽くせません。

この本を上梓するにあたり、担当様、出版社の皆様には本当にお世話になりました。いつも心から感謝しています。

そして何より、この本を手にとってくださったあなたにありったけの感謝をこめて。どうか楽しんでいただけますように。そして私にとって、とても大切なこのお話が、貴女にとっても大切なお話の一つになれば嬉しいです。

今後のスケジュールですが、同時期他社さんからもう一冊、来月いよいよリーフノベルズ『お熱い夜をあなたに』、そして秋に一冊、と新刊を予定しています。

書きたいお話はいっぱいありますので、今後も精一杯努力していきたいと思っています。どうか応援していただけると嬉しいです。ご感想楽しみにお待ちしています。

それでは、次の本でお会いできますように。

あすま理彩

リーフノベルズ近刊案内

綺麗でエッチなお兄さんは好きですか？

誘惑は蜜の味

矢神りな　イラスト／水名瀬雅良

大学生の大和は、友達の家でシャツ一枚でウロウロしている湯上がり美人を目撃してドッキリ！　美人の正体は友人の兄・蒼一。男と知りつつも、色っぽい年上の小悪魔・蒼一の虜になった大和の前に現れたライバルは——？

あなたが欲しい……もう限界です

恋におちた若様

猫島瞳子　イラスト／かんべあきら

秀麗で家柄よし、でも問題アリの部下・鷺宮の策略で、別嬪主任・今居は「お持ち帰り」されて強引に抱かれてしまう！　その後も懐いてくる鷺宮を拒絶する今居だが、いつも傍若無人な彼の、傷ついた様子に胸が疼き…？

8月15日発売予定

予価 893円
（本体850円＋税5%）

リーフノベルズをお買い上げいただき
ありがとうございました。
この本を読んでのご意見、ご感想をお待ちしております。

〒144-0052　東京都大田区蒲田5-29-6
とみん蒲田ビル8F
リーフ出版編集部「あすま理彩先生係」
「赤坂ＲＡＭ先生係」

こわれるほどに奪いたい

2004年8月1日　初版発行

著　者——あすま理彩
発行人——宮澤新一
発行所——株式会社リーフ出版
〒144-0052　東京都大田区蒲田5-29-6
とみん蒲田ビル8F
TEL. 03-5480-0231（代）
FAX. 03-5480-0232
http://www.leaf-inc.co.jp/
発　売——株式会社星雲社
〒112-0012　東京都文京区大塚3-21-10
TEL. 03-3947-1021
FAX. 03-3947-1617
印　刷——東京書籍印刷株式会社

ISBN4-434-04471-0　C0293